Barbara Frischmuth

Bindungen

und andere Erzählungen

Ausgewählt von Julian Schutting

Residenz Verlag

Bibliografische Information der Deutschen Bibliothek
Die Deutsche Bibliothek verzeichnet diese Publikation in der Deutschen Nationalbibliografie; detaillierte bibliografische Daten sind im Internet über http://dnb.d-nb.de abrufbar.

www.residenzverlag.at

Original erschienen:
»Meine Großmutter und ich«; »Und ich sah, und siehe, eine weiße Wolke«: »Rückkehr zum vorläufigen Ausgangspunkt«, Residenz Verlag 1973
»Otter«: »Mörderische Märchen«, Residenz Verlag 1989
»Bindungen«, Residenz Verlag 1980

Umschlaggestaltung: www.boutiquebrutal.com
Umschlagbild: © Marie Bertrand/Corbis
Typografische Gestaltung, Satz: Ekke Wolf
unter Verwendung der Schrift Minion Pro
Gesamtherstellung: CPI Moravia

ISBN 978-3-7017-1617-3

Eine Art Einleitung

Barbara Frischmuth, endlich bei Residenz zu Gast!

Dank unser beider langjährigen Freundschaft durfte ich die Auswahl treffen; Barbara Frischmuth hat nicht auch nur ein Wort mitreden wollen. das waren dann Tage lustvoller Lesewut, vermischt mit Verzweiflung: ein Bücherstapel vor mir, aber ein Auswahlband ist nicht ein Sammelband. letztlich hat mich eine Überlegung meine Wahl treffen lassen: was von all dem gleichwertig Eingeschätzten kennen vermutlich die wenigsten aus der großen Frischmuth-Lesegemeinde? und was davon am besten geeignet, für Barbaras sprachliche Wandelbarkeit, für die Vielfalt ihrer Themen und daher auch Techniken einzustehen?

Drei kurze Erzählungen zu Beginn:

Meine Großmutter und ich: wie ein in einen Teich geworfener Stein zieht der Ausgangspunkt, ein eingerissener Fingernagel, immer weitere Kreise; das Streitgespräch hochoriginelles Absurdes Theater.

Und ich sah, und siehe, eine weiße Wolke: das phantasiebegabte und mit großer Imaginationskraft ausgestattete Mädchen sucht in seinem Hang zum Mystischen ein Wunder zu erzwingen. und uns bezwingt die poetische Aura – das Ganze ein Prosagedicht!

Otter: und wieder eine ganz andere Tonart! beginnt wie eine klassische short story, aber dann dringt Natur ein. nicht daß uns dieser suggestive Text meine Assoziation aufzwingen möchte: Tannhäusers Aufenthalt im Venusberg …

Und nach dieser Dreiheit, gleichsam eingeschmuggelt, die umfangreiche Erzählung namens *Bindungen*.

Was einmal die Force, ja die Domäne der österreichischen Literatur war, die »psychologische Novelle«, was aber bald nach dem Ersten Weltkrieg zu stereotyper Trivialliteratur verflacht, das hat wie nur wenige andere Barbara Frischmuth in unsere Zeit herübergerettet mit sicherem Instinkt, in der Beschreibung oder auch nur Benennung seelischer Vorgänge sei äußerste Zurückhaltung geboten: hüte dich vor überkommenem »Psychologisieren« … wohltut einem daher, daß sie eingangs die labile Verfassung der Ich-Erzählerin Fanny in behavioristischer Manier indirekt zu verstehen gibt, in deren Blickeinengung auf die Schritte, die sie immer ganz gleich durch ihr Gästezimmer tut. fragil die Konstellation, unter der da von drei Erwachsenen, einem Kind, das einen blinden Superman spielt, und einem Hund wie von Sommergästen etliche Wochen an einem See zusammengelebt wird. aus den alltäglichen Verrichtungen und der Konversation spricht, bisweilen angestrengt, Rücksichtnahme aufeinander, und scheinbar Banales läßt in tieferen Schichten Sitzendes ungewollt zu Wort kommen – da erweist sich Barbara Frischmuth als eine Meisterin dessen, was über Zwischentöne hinausgeht, indem es ungesagt an Existenzielles rührt.

Julian Schutting

Meine Großmutter und ich

Micky? fragt meine Großmutter, sie ist römisch-katholisch.

Ja, sag ich, Micky. Micky ist Micky. Er kommt mich abholen und wir gehen zum See rüber, schwimmen.

So, sagt meine Großmutter. Sie schlägt ein Kreuz, bleibt mit dem Finger wo hängen und reißt sich den Nagel ein. Tss, tss, kommt mir da was zu Ohren und noch gar unter die Augen. Micky, sagst du. Ein Witz, ein Witz, so ein Witz. Hol mir schon endlich die Schere aus dem Nähzeug und such die Feile oder soll ich so bleiben. Die Sache verhält sich so oder so. Du weißt, was du mir schuldig bist. Lauf nicht in die Küche, dort ist keine Feile, es muß sie jemand verlegt haben.

Weil man in diesem Haus nichts, aber auch gar nichts findet. Da steht sie und fuchtelt mit dem Finger in der Luft, als hätte sie sich gebrannt. Die Luft tut ihr gut. Drum zieht es immer bei uns.

Stell dich nicht so an, du wirst doch die Feile finden, wenn ich dir sage, daß sie in der Küche nicht ist.

Da geb ich ihr die Schere in die Hand.

Wie verhext ist alles, steht denn das Haus kopf? Ich kann die Gedanken nicht überall haben, und wenn du mir noch was von diesem Micky erzählst, dann erzähl ich dir was. Sie dreht sich auf dem Absatz herum, ihr Kleid rauscht kurz auf, die Vase, die sie mit dem Ellbogen vom Fenstersims gefegt hat, war aus bemaltem Glas, die Splitter springen vom Fußboden auf den Teppich, sie stellt sich darauf, der Rock bedeckt alles – ich weiß, warum ich lange Röcke trage –, ihr Haar flattert in der Zugluft und draußen biegen sich die Bäume.

Ich bin neugierig, wann du mir die Feile bringst. Wenn es noch lange dauert, werde ich selbst danach sehen. Heil hat deine Mutter dich zur Welt gebracht, vielleicht hast du unterdes Schaden genommen, oder willst du sagen, dieser Micky hätte dich um den Verstand gebracht, den will ich mir ausborgen, da wirst du staunen, was von dem übrigbleibt.

Rück ein Stück, damit ich die Scherben aufkehren kann, sag ich mit Besen und Schaufel, sonst schneidet sich jemand, dann haben wir die Bescherung, der Teppich wird blutig, vielleicht muß man den Doktor holen und überhaupt die Aufregung und was sonst noch mit so was zusammenhängt.

Sie steht wie ein Fels. Du süßer Heiland! Sie wird die Scherben in den Teppich treten, wo wir keinen Staubsauger haben, keine Teppichstange und keinen Dienstboten mehr.

Ich will die Feile, habe ich dirs gesagt oder habe ich dirs nicht gesagt oder bist du von Gott verlassen. Wenn ich die Feile nicht bald habe, verliere ich den Verstand, du weißt, was das heißt. Und komm mir noch einmal mit diesem Micky und daß du zum See rüber möchtest, schwimmen. Ich weiß gar nicht, wer das ist, mit wem du dich da herumtreibst, das hast du von deinem Vater, ich hätte mirs denken können.

Jetzt ist der Nagel ab und die Haut dazu. Ich werde mir das Tuch zerreißen, ich kann nichts angreifen mit dem Nagel. Schwer von Begriff, wie du bist, schau in die Tischlade, die Feile muß da sein, du hast zu folgen, aufs Wort, wann wirst du das endlich verstanden haben, oder rede ich gegen eine Wand.

Da stampft sie schon mit dem Fuß, die Splitter werden an ihrem Schuh kleben bleiben, und ich kann mit dem Besen hinterdreinlaufen. Sie wird die Splitter durch die Wohnung tragen, jemand wird sich schneiden, dann ist die Hölle los.

In der Tischlade ist sie nicht, sag ich, die Schere genügt doch einstweilen, willst du nicht selber nachsehen, du hast die Feile zuletzt gehabt. Aber laß mich um der Liebe Jesu willen die Scherben aufkehren, bevor noch ein Unglück geschieht, du wirst die Splitter im Haus herumtragen, man kann keinem Menschen die Tür öffnen, wenn zerbrochenes Glas auf dem Boden liegt.

Du willst mir weismachen, daß ich die Feile zuletzt gehabt hätte, mir nicht, mag da sein, was da will, du vergißt, daß ich im Geiste jung bin. Sag das noch einmal und dann sage ich dir, zeig deine Hände. Wer hat sich für diesen Micky, den ich gar nicht kenne – mit wem du dich da herumtreibst –, die Nägel gefeilt, den ganzen Abend lang, gestern, daß man es durch die Wände hörte. Wenn ich es war, will ich den verdammten Besen da – gelobt sei Jesus Christus – schlucken und noch in dieser Stunde den Bürgermeister zur Abdankung zwingen. Wenn ich es nicht war, rate ich dir, bring mir die Feile, solange ich dich noch bitte, denn wenn ich es nicht mehr tue, dann kannst du diesen Micky anläuten und ihm sagen, daß es heute nichts ist und daß er gar nicht erst zu kommen braucht. Ich werde nämlich an der Tür stehen und die Klinke nicht aus der Hand lassen, bis er sich aus dem Staub gemacht hat und pfeifen oder Steinchen werfen gibts nicht.

Herrjeh, denk ich mir, sie wird die Splitter durchs ganze Haus tragen und wenn Micky kommt, wird er sich schneiden, es ist nicht weit bis zum See und sommers gehen wir immer barfuß, nur in der Schule haben wir Schuhe an.

Ich find die Feile nicht und die Nägel hab ich mir schon gestern gemacht und die Feile hab ich gleich wieder heruntergebracht und auf den Tisch gelegt, aber auf dem Tisch liegt sie nicht und in der Tischlade auch nicht und in der Küche auch nicht, hast du gesagt.

Jetzt wird es ihr bald zu bunt, sie wird sich vom Fleck rühren und ich kann die Splitter aufkehren. Da droht sie mir mit der Schere.

Bitte, sag ich, stich nur zu, wenn du es vor deinem Gott verantworten kannst, und ich knöpf mir die Bluse auf. Da, sag ich, stich zu, aber denk an dein Gewissen. Und wenn Micky kommt, sag ihm, er kann meine Bücher haben und das Kaninchen. Die Eidechse laß ich dir, zur Erinnerung.

Sie sieht die Schere an, dann mich, dann die Schere.

Ich vergesse mich, schreit sie, rede ich gegen eine Wand? Die Feile muß her, du hast sie gehabt, und dieser Micky kommt mir nicht ins Haus, damit du es weißt und was soll ich mit der Eidechse, sie ist ungenießbar, die kannst du diesem Micky ruhig schenken, aber das Kaninchen bleibt und die Bücher bleiben. Und nimm endlich die Schere und leg sie zurück ins Nähzeug, was soll ich mit der Schere, der Nagel ist ab und die Haut dazu.

Da knöpf ich die Bluse wieder zu und nehm die Schere.

Je lauter sie schreit, desto kleinlauter wird sie. Ihre Augen sind feucht. Jetzt wird sies wohl zulassen, daß ich die Splitter aufkehre, damit Micky sich nicht die Füße daran zerschneidet, wenn er kommt und mich abholt, zum See. Wie ich mich bück, mit Schaufel und Besen, rührt sie sich nicht, und ich geb ihr einen Stoß. Sie taumelt weder noch rückt sie zur Seite, doch erwischt sie mich an den Haaren und zieht mich empor, mit ihrer welken Hand.

Du sollst mir die Feile bringen, sonst bleibe ich hier stehen, bis ich umfalle, dann kommen die Leute und sehen mich liegen, tot, dich aber wird man einsperren, weil du deine leibliche Großmutter umgebracht hast. Weil du den Gehorsam nicht kennst, noch das vierte Gebot, auch wenn ich nur deine Großmutter bin, jawohl, das vierte Gebot, weil du aufbegehrst und mit dem Schädel durch die Wand willst, weil du keine Augen im Kopf und kein Herz im Leib hast. Diesem Micky werde ich reinen Wein einschenken und wenn ich mir dabei was vergebe, aber gewarnt muß er sein.

So zieht sie sich aus der Affäre, und ich steh da mit Schaufel und Besen und soll ihr die Feile bringen. Wenn ich nachgeb, wird sie sich im Leben nie mehr die Feile suchen, und ich werd ihr den Nagel feilen müssen, den Nagel ihrer welken Hand. So war es mit der Milchkanne, die ich suchen mußte, und dann war die Milch zu holen.

So gibt ein Wort das andere, ein Schimpf den anderen, eine Tat die andere.

Hilf dir selbst, dann hilft dir Gott.

Ich versuch es ja, alles und in Güte. Man muß es ihr klarmachen, sie zwingen, das Rechte zu tun, ihr die Zähne ziehen, wenn sie beißen soll, sie strekken, damit sie sich bückt, den Wind aufhalten, um sie fliegen zu lassen.

Diesem Micky kannst du schon sagen, daß es heute nichts ist und morgen auch nichts und übermorgen auch nichts und überhaupt nichts. Wo gibt es denn so was. Ungehorsam ist der Anfang des Übels, du wirst sehen, wie weit du es bringst, daß dir der Leibhaftige ... Gott gebs nicht!

Ich hab dich in Windeln gewickelt, dir zur Erstkommunion eine Kerze gekauft, die teurer war als ein Adventskranz, ich habe dir von Kain und Abel erzählt, von Noemi, Ruth und den Richtern, ich habe dir die Höschen gewaschen und die Brote gestrichen, ich habe dir im Winter den heißen Ziegel ins Bett gelegt und dich im Sommer mit Butter – mit echter Butter – eingerieben, wenn deine Haut verbrannt war, wie du krank warst, habe ich dich schwitzen lassen, und als du Angst hattest, blieb das Licht brennen, ich habe deine Schuhe geputzt und dich zur Kirche geschickt, ich habe dir erklärt, was mein ist und was dein und wie man die Hände richtig faltet, ich habe dich vor Hunger bewahrt und vor schlechtem Umgang, vor Hexen, Pest und Bedrängnis, ich habe dich angehalten zu Fleiß und Sorgfalt und dir gesagt, wie man sich kämmt und die Milch nicht überkochen läßt, ich habe dich in den Wald geführt und in die Stadt mitgenommen, ich war beim Zahnarzt mit dir und auf dem Jahrmarkt, du weißt, wie man Feuer anfacht und es wieder ausbläst, du kennst das Wetter am Wind und die Zeit am Himmel, du hast einen Namen, meinen Namen, und du hast eine Bleibe, bei mir, du bist gewachsen unter meinen Händen – unter ihren welken Händen – und hast den Tod nicht erfahren, noch Laster und Unfrieden, du bist am Leben geblieben, weil ich es wollte, und ein Mensch geworden, weil ich dich dazu gemacht habe …

Hilf dir selbst, dann hilft dir Gott. Hundertmal hin und einmal her. Ich versuchs ja, alles und in Güte. Und da steig ich sachte, aber fest auf einen der Splitter – im Sommer gehen wir immer barfuß, nur in der Schule haben wir Schuhe an – und spür, wie er sich tief in mein Fleisch bohrt, wie er eindringt in meine Fußsohle, wie mein Gesicht sich verzerrt und dann blaß wird, wie es warm aus mir quillt und dann heb ich langsam den Fuß auf und dreh die Sohle nach oben. Das Blut rinnt in einem dünnen Faden bis zur Zehe, und ich zeig mit dem Finger darauf.

Da, sag ich, ich hab mir einen Splitter eingetreten, es blutet, und ich weiß nicht, wie ich ihn herausholen soll, wenn du mir keine Nadel holst.

Wer Mauern einreißt, den beißt die Schlange.

Noch zögert sie, da laß ich den Fuß mit dem Blut wieder zu Boden sinken, auf einen noch größeren Splitter zu, und bin schon dabei, aufzutreten.

Heilige Jungfrau, flüstert sie, und ich seh, wie sie einen kleinen Schritt macht und noch einen und dann noch einen und mit dem Saum ihres Rokkes streift sie ein paar der größeren Scherben mit. Komm, sagt sie, und greift mich an, mit ihren welken Händen, zieht mich an sich, drückt mich, legt ihren Kopf an den meinen, und bevor sie zu klagen beginnt, sag ich, hol mir die Nadel, dann wird es gehen. Und ich weiß, daß sie weinen wird, und bevor sie zu weinen anfängt, schieb ich sie, humpelnd auf einem Bein, bis zum Stuhl hin, damit ich mich setzen kann.

Und es tropft schon aus ihren Augen und sie klagt, ach Gott, ich habe es gewußt, daß du mir alles heimzahlst, aber warum muß dieses Kind es leiden, kann es doch nichts dafür, so ohne Vater und Mutter, und wenn du mich strafst, o Gott, ist es richtig und doch nicht recht, o Gott, o Gott, o Gott …

Und da sag ich, schnell, sonst tropft das Blut auf den Teppich oder ich krieg den Krampf und da läuft sie schon, wie schnell sie nur laufen kann und ihre Röcke rauschen kurz auf – ich weiß, warum ich lange Röcke trage – und sie streift mit dem Saum ein paar der größeren Scherben mit.

Als sie wiederkommt, hat sie meine Erstkommunionskerze in der Hand, zündet sie an und brennt eine Nadel aus, und dann kniet sie sich nieder, nieder vor mir. Sie nimmt meinen Fuß in die Hände – in ihre welken Hände – doch ich sag, laß das, du zitterst, ich mach es selber. Ihre Tränen rinnen, von ihren Lippen stürzen Klagen und sie ruft Gott und mich als Zeugen an.

Als der Splitter heraußen ist und das Blut stockt, kommt sie mit einem Verband, den ich nicht haben will, noch das Jod und auch kein Pflaster.

Und gleich darauf hat sie die Feile gefunden. Siehst du, sag ich, und mach schnell einen Krug Limonade. Wenn Micky kommt, wird er durstig sein und mir klebt schon die Zunge am Gaumen.

Sie stutzt, da verzieh ich das Gesicht vor Schmerzen, und sie stellt sich vor mich hin und sagt, ja, aber nur von einer Zitrone. Die Eidechse kannst du ja diesem Micky schenken, aber das Kaninchen bleibt und die Bücher bleiben.

Also glaubt sie an meinen Tod.

Und ich sah, und siehe, eine weiße Wolke …

Wir haben es sehen wollen, Melanie und ich.

Der Wald dauerte lang, durch den wir gingen. Groß war die Sonne am Mittag. Es hätte auch regnen können. Stumpf vor Staub hingen die Blätter an der Straße und glitzerten im Wald. Die Luft hat gezittert vor Hitze.

Das Krummholz brach und Reisig, wie wir so gingen. Man muß uns weithin haben hören können. O ja, und der Wald hatte kein Ende genommen, bis wir ankamen, dort, wo Melanie schon gewesen war. Im Traum, wie sie mir das hat einreden wollen.

Wir hatten schon nichts mehr gegessen von Abend an. Weil das so besser ist, sagt der Kaplan. Und er hat es doch nie gesehen oder sagt nur so oder will nicht sprechen davon. Da sind wir allein in den Wald gegangen. In die Sonne mußt du schauen, sagte Melanie, und knien, bis du es siehst. Wir hatten uns getrennt, waren jede für sich hinter die Bäume gegangen, und hingekniet, da sah eine die andere nicht. Mir war die Sonne in die Augen gekommen, und ich wollte es sehen, die Knie im Brombeergestrüpp. Lauter Gold, das habe ich so vor mich hingesagt. Wie man sagt, was man sagt, wenn es niemand hört.

Ich habe es sehen wollen, von Angesicht zu Angesicht. Denn da heißt es, siehe, er kommt mit den Wolken, und es werden ihn sehen alle Augen. Da war keine Wolke weit und breit nicht am Himmel, die ich hätte sehen können. Nur die Sonne. Aber ich habe es sehen wollen, ganz im Licht. Hell wie die Wahrheit, wenn nichts gelogen ist.

Und gestern sind die Kröten alle in die Brunnen gesprungen. So dachte ich mir den Traum, blind vor Sonne. Und jemand hat mit dem Messer die Fahnen durchstoßen. Da ist der Regen gekommen, mit all seinem Wasser. Nachts hat die Uhr einen Sprung bekommen. Die Türme sind zerbrochen, die Stadt ist untergegangen. Die Blumen bleiben, mußte ich sagen, aber es half nichts, mein Mund blieb zu. Mir träumte, was ich nicht sagen kann. Und alles ist aus dem Traum gekrochen.

Zugebunden waren mir die Augen von der Sonne. Lauter Gold. Und ich wollte es sehen, die Knie im Brombeergestrüpp. Da war keine weiße Wolke, kein Wind, der sie hätte bringen können. Der Himmel kein Meer, von dem der Kaplan gesprochen hat. Es half nichts, die Arme auszubreiten.

Soviel ich auch nachdachte, mir fiel das Gebet nicht ein, das traurige, von den strahlenden Wunden. Das fröhliche, von der glorreichen Himmelfahrt. Auch nicht das kleine, von der Geburt im Stall, das ich sonst auch im Schlaf noch weiß. Die Sonne muß sie ausgebrütet haben, sie sind davongeflogen. Allesamt. Und ich kniete im Brombeergestrüpp und hatte es sehen wollen. In der weißen Wolke, die über den Himmel schwimmt, und die nicht schwimmen wollte, als ich voll Himmel war.

Und zu riechen war es erst, als die Sonne mir wieder aus den Augen kam. Ich setzte mich auf die Fersen, so träge war der Geruch und geschwollen. Nicht wie Harz oder Nadeln oder Wiese. Eher wie fauliges Laub, wo es doch heiß war. Und doch nicht wie fauliges Laub; Lakritzen und Schwefel. Ich habe eine Weile gehen müssen und konnte es kaum, weil wir schon nichts mehr gegessen hatten von Abend an. Ich wollte, daß Melanie mit mir ging. Aber die war weit weg und da wollte ich sie dann nicht einmal rufen.

Den Haselbusch hatte ich erst zur Seite biegen müssen. Da schwirrten die Fliegen auf und schillerten mit den Flügeln. Es lag in der Grube, das Lamm. Mit zerfressenem Bauch und aufgerissenen Augen. Das Maul hing ihm schief, als hätte es blöken wollen, und auf der Zunge hatte es Schleim, auf dem die Ameisen liefen. Einer der Hinterfüße ragte in die Luft und gab den Bauch frei, in dem die Därme brieten. Und die Sonne bleichte die Wolle aus, weiß und glänzend.

Ich hatte es tun müssen, und weil ich so nahe stand, erbrach ich ins Lamm. Da schwirrten die Fliegen wieder, und der Hinterfuß zitterte in der Luft.

Hast du es gesehen? fragte ich Melanie, als wir wieder beieinander waren.

Und sie nickte.

Wie war es? fragte ich.

Ich kann es nicht sagen. Lauter Gold. Und du?

Da wußte ich keine Antwort und dachte nur, wie es gerochen hat.

Otter

Er hatte alles erreicht, was zu erreichen war.

Jahrelang, jahrzehntelang hatten sie einander belauert, schon seit Schulzeiten, und hätten einer des anderen Doppelgänger sein können. Hatten sich nicht geschont im Wettlauf und waren immer auf denselben Rängen gelandet, verzweiflungsvoll. Freundschaft lag zwischen ihnen, eine leibliche Mauer, die jeden beabsichtigten Gegenschlag verhinderte. Diesmal wäre es ernst geworden, nur einer konnte ans Ziel kommen.

»Ernenne ich Sie hiermit …«, hatte der Generaldirektor gesagt, aber was galt das jetzt noch; keinerlei Triumphgefühl, nicht einmal Befriedigung, schales, lähmendes Unbehagen. Die Sekretärinnen hatten Sekt geholt und die üblichen üppigen Brötchen, er hatte sich jede Feierlichkeit verbeten, schon mit Rücksicht auf den erst Wochen zurückliegenden Todesfall.

»Ernenne ich Sie hiermit …«, ein Händedruck, und selbst in den Augen des Generaldirektors glomm, als er ihm die Vor- und Nachteile seiner Ernennung beschrieb, des Höhepunkts seiner Karriere, was hieß, daß es von nun an kein Aufrücken mehr gab, glomm für Augenblicke die offenbar nicht zu unterdrückende Frage auf.

War er wirklich schuld an Jörgs Tod? Der Blick der Witwe nach der Beerdigung hatte ihn sekundenlang selbst daran glauben lassen. Maresa hatte ihn nie gemocht. Sie verstand es nicht, wie er und Jörg es aushielten, in so langer Gegnerschaft einander Freund zu bleiben. Ja, sie hatten gezecht miteinander, seit langem wieder, und sich laut und deutlich gesagt, was sie voneinander hielten, letztlich gelacht darüber. Dann waren sie beide kindisch, unvernünftig, verantwortungslos mit dem Auto nach Hause gefahren. Jeder mit seinem. Das allein mußte als Beweis genügen. Genausogut hätte es ihm passieren können. Aber es war ihm nicht passiert.

Wie von einem Galgen soll Jörg gehangen sein. Ein Ast war ihm unter den Hemdkragen gefahren, und der hatte ihn stranguliert, bewußtlos, wie er vom Zusammenstoß mit dem anderen Wagen und dem durchs offene Dach Emporgeschleudert-Werden wohl bereits war. Idiotisch, nachts und um diese Jahreszeit mit offenem Dach zu fahren.

Und dann dieser Anblick, wie von einer Hinrichtung. Kein Wunder, daß das Bild in allen Zeitungen erschienen war.

Er trauerte und warf in der ersten Bitternis seine Taucherausrüstung weg; sie waren beide Sporttaucher gewesen und hatten, noch als Studenten, mehrmals gemeinsam Urlaub in Griechenland gemacht.

Einfach wegzusterben. Er hatte das Taucherbrillenglas mit dem Hammer zerschlagen. War es nun nicht geradezu lächerlich, dieses »Ernenne ich Sie ...« –

Er hatte eine Menge Geld einstecken, mittags von der Bank geholt.

Ja, er hatte es Maresa bringen wollen. Beerdigungskosten, Erbschaftssteuer, und was da noch alles auf sie zukam. Aber wäre das nicht einem Einbekenntnis seiner Schuld gleichgekommen? Möglicherweise schickte ihn Maresa mitsamt seinem Geld wieder fort, natürlich ohne ihn wörtlich zu beschuldigen, aber er konnte es bereits hören, dieses »Danke, nein, ich komme schon zurecht, und für die Kinder ist gesorgt«.

Seine Frau hätte anders reagiert. »Ich bezichtige dich, also geh mir aus den Augen, bevor ich handgreiflich werde.« Aber seine Frau war schon seit Jahren nicht mehr seine Frau.

Die Kollegen hatten ihm gratuliert, und man sagte ihm, daß er bereits morgen in sein neues Büro einziehen könne. »Keine Eile«, er winkte ab, und in den Augen, zumindest der Hälfte von ihnen, konnte er lesen, daß sie Jörg für den besseren Kandidaten gehalten hatten.

Er war gegangen, ohne sich zu verabschieden, die anderen feierten noch. Irgendwann war dann diese Stimmung aufgekommen, die keines Anlasses bedarf, nur einer bestimmten Menge bereitgestellter Flaschen.

Er war in Richtung Park unterwegs, ohne genau zu achten wohin. Es war Ende März, das Gras grün, und an manchen Bäumen trieben bereits die Knospen. Jetzt schneite es, naß und ohne liegenzubleiben, und das Wasser drang durch seine Schuhsohlen.

Nach geraumer Zeit erst fiel ihm auf, daß das der Parkrand war, an dem für gewöhnlich Nutten standen, doch war niemand zu sehen.

»Schlechtes Wetter, heute«, sagte er laut vor sich hin. Eine Hure, das war es. Die fehlte jetzt noch in seiner Situation, während eine Freundin zu Hause auf ihn wartete.

»Hat denn keine Zeit für mich?« Er schrie bereits, kam sich witzig vor und selbstironisch, er, der Arme, vom Tod Betrogene, mit dem nicht einmal mehr eine Hure ging. Er konnte sich kaum daran erinnern, wann er das letzte Mal bei einer Hure gewesen war. Aus Neugier vielleicht einmal und ein andermal aus Trotz, gewiß aber war es lange her.

Als er schon umkehren wollte, löste sich eine Gestalt aus dem sachte fallenden Schnee. In einem schmalen weißen Plastikregenmantel, weißen Regenstiefeln und mit einem weißen, langgriffigen Schirm. Sie kam auf ihn zu, und ihm fiel nicht gleich ein, was man in so einem Fall zu sagen hatte.

»Sind Sie frei?«

Sie bot ihm den Arm und ließ ihn unter den Schirm. Er ging neben ihr her, wich nicht einmal mehr den Lacken aus, ließ sich führen. Als sie vor ihrem Auto standen, stieg er gehorsam ein, kauerte sich auf die hinteren Sitze, legte den Kopf auf die Arme und döste vor sich hin. Er fuhr nicht einmal hoch, als sie den Gang falsch einlegte, wollte es nur so rasch wie möglich hinter sich gebracht haben und in einem warmen Bett einschlafen.

Als sie endlich da waren und er ausstieg, wußte er nicht mehr, wo er sich befand.

»Wir sind am Fluß«, sagte sie, als sie ihm die Stufen zum Eingang eines Holzhauses wies. Es war finsterste Nacht, und er hörte es bloß rauschen.

»Vorne steht es auf Pfählen«, sagte sie, nachdem sie Licht gemacht hatte. Er prüfte die hölzernen Wände mit den Fingern.

»Im Wasser?« Er trat an das große, verandaähnliche Fenster, sah aber so gut wie nichts.

»Nein. Darunter ist Platz für das Boot, zum Überwintern. Das Grundstück reicht noch ein paar Meter weiter, bis es ins Wasser fällt.« Ihr Gesicht hellte sich langsam auf.

Er legte den Mantel ab. »Wie heißt du?«

Sie kehrte ihm das erste Mal, und im Licht, voll das Gesicht zu. »Otter!«

Da lachten sie beide.

Er nahm alles Geld, das er einstecken hatte, und gab es ihr. Dann erst zog er die Schuhe aus, die Socken und das ganze nasse Zeug. Sie zählte das Geld und gab es in eine schwarz lackierte, bemalte chinesische Dose. »Ich lasse dir ein Bad ein, damit du dich nicht erkältest.«

Die Wanne war klein, und er konnte die Beine nicht richtig ausstrecken. Ein ausgebautes Badehaus, mehr war das nicht. Das Holz zeigte an bestimmten Stellen einen Anflug von Schimmel, der im Sommer möglicherweise wegtrocknete, wenn man lang und anhaltend lüften konnte. Als er fertig war, ließ er den Heizstrahler brennen, falls sie auch noch baden wollte.

Sie hatte ihm etwas Whisky eingeschenkt und fragte, wieviel Wasser er dazu wolle. Sie selbst trank nichts, entschuldigte sich und sagte, sie würde schnell machen.

Er lag bereits im Bett, der Whisky machte ihn auch von innen warm, und es schläferte ihn. Er hörte den Wasserhahn aus dem Bad, das Brodeln eines Kessels in der winzigen Küche – wollte sie denn noch Tee? –, das Klatschen des Regens, in den der Schneefall wieder übergegangen war und der nun von Windstoß zu Windstoß wie mit Eimern gegen das große Fenster gegossen kam. Über und hinter all dem aber war das Rauschen des Flusses, der da draußen zog und vorüberzog, in endloser Abfolge, dem Kreislauf aller Wassermassen unterworfen, und doch in seinem Verlauf ein bestimmter, ein Fluß, der erkannt, der benannt werden konnte.

Als er erwachte, fand er sie neben sich, ebenfalls wach, nackt und warm; es dämmerte bereits. Behutsam schob er seinen Körper über den ihren, merkte, daß sie einen schmalen Hüftgürtel und Strümpfe trug. Das sei ihre Eigenart, sie zeige sich nie mit nackten Füßen. Ein Tick, was immer er wolle, sie bleibe dabei, und es sei kein Wort mehr darüber zu verlieren.

Es schien ihm leicht, sie zu lieben. Sie hatte einen Körper, wie er ihm angenehm war, und er fühlte sich ausgeschlafen und stark. Er hatte eine Scheu, sie auf den Mund zu küssen, rieb nur die Lippen ein wenig an ihrer Schulter; sie streichelte ihn. Da glaubte er, es wagen zu können, ohne viele Umschweife in sie einzudringen, sie auf kraftvolle Art vielleicht sogar glücklich zu machen, wenn er in der Bewegung lange genug verhielt. Er hatte sich aufgerichtet und ihre Schenkel gespreizt, da fielen ihm die schwarzseidenen Strumpfbänder auf, die von dem bogenförmig ausgeschnittenen, spitzenbesetzten schwarzen Hüftgürtel bis zu den schwarzseidenen Strümpfen, das heißt bis zu deren verstärktem oberen Rand, führten. Sie öffnete sich ihm, aber da ging schon sein Samen ab, und er ließ sich auf sie fallen, mit einem Seufzer, der nach Lust und nach Bedauern klang.

Sie blieb freundlich, ließ ihn gewähren, als er sein Gesicht zwischen ihre Brüste preßte, und stand erst auf, nachdem er von selbst zur Seite gerollt war.

»Ich möchte hierbleiben«, sagte er, als sie – er im Bett, sie auf dem Bettrand und bereits angezogen – frühstückten. Sie stand auf, öffnete die chinesische Dose, zählte wohl noch einmal das Geld nach, nahm etwas heraus und steckte es in ihre Hosentasche.

»Ist gut«, sagte sie und packte verschiedenes, darunter auch eine kleine Flöte, in eine Art Reisetasche. »Aber ich muß in die Stunde.«

Sie trug das Tablett in die Küche, kam noch einmal im weißen Regenmantel, erklärte, wo er etwas zu essen finde, am Nachmittag käme sie dann zurück.

Er hatte zu fragen vergessen, in welche Stunde. Machte sie Hausbesuche? Der Gedanke kam ihm aberwitzig, ja geradezu absurd vor. Doch schon schlief er wieder, und der Fluß rauschte durch seine Träume hindurch, verstärkt von geräuschvollem

Gurgeln und Glucksen an manchen Stellen und einem Brausen, das ihn in immer fremdere Gegenden fortzog, insellos, zunehmend auch uferlos und ohne sichtbare Grenze.

Er erwachte mehrmals aus einem langen, sich wiederholenden Unterwassertraum, in dem er den Fischen nachschwamm durch morsches Gehölz und Wasserpflanzen, die ihn an der Unterseite streiften, über Steine und zart gefaserten Schlamm, hin über eine Ansammlung untergegangener Flußschiffe, von denen ihn ein Wirbel fortriß und nach oben spie.

Sobald er wieder wach war, lehnte er sich gegen die Fensterbank und starrte durch den immer noch fallenden Regen auf den Fluß hinaus, bis er ihn als Fläche ausnehmen konnte, die, vom Aufprall der Tropfen gerauht, sich als Grenze unentwegt weiterschob. Das andere Ufer verschwamm so sehr, daß er es mit seinem Blick gleichsam erzwang, ohne es wirklich auszunehmen, und einmal hörte er sogar einen Dampfer tuten und glaubte zu sehen, wie dieser sich weiß und triefend flußaufwärts kämpfte.

Das kleine Stück Wiese, das auf den Fluß zulief, die hohen Ligusterhecken zu beiden Seiten des schmalen Streifens, die Eberesche und die beiden Trauerweiden waren wassersatt, und es schien, als schwemme ihr Grün bereits aus.

Er schlief neuerdings, bis der Hunger ihn weckte und auf die Suche trieb. Das ganze Haus war insgesamt winzig. Er kaute lange an etwas altbackenem Brot, fand Kaffee und suchte, mit der Tasse in der Hand, die Regale ab nach Spuren, die ihm das Wesen, in dessen Bett er schlief, erklären konnten. Schmuck lag da offen in einer großen, innen lachsfarbenen Muschel, er wußte nicht, ob es echte oder Zuchtperlen waren, wagte auch nicht, daran zu rühren, als fürchte er, daß seine Finger dunkle Flecke darauf hinterließen. Tonbänder mit unleserlicher Aufschrift – er konnte den Kassettenrecorder nicht gleich finden, holte ihn dann aus der Küche herüber, ohne etwas zu spielen.

Bücher, nicht viele, eingeklemmt zwischen geschliffenen Ammoniten – Versteinerungen – als Buchstützen. Unter anderem Patricia Highsmith, Yasushi Inoue, Carson McCullers, Heine und ein dünnes Taschenbuchbändchen »Gedichte und Prosa von Ernst Stadler«. Stadler, nur an den Klang dieses Namens konnte er sich erinnern.

> … Als wäre Dunkles klar, als wenn nicht Leben
> tausend wild verschloßne Tore trüge …

Und blätternd brachte er eine Zeit des Wachseins hin, angerührt von der Stimme, die durch den Fluß aus diesem Buch bis zu ihm drang, eine Stimme, die er noch nie gehört hatte.

> … Du aber bist der Spiegel, über dessen Rund
> Die großen Bäche alles Lebens gehn
> Und hinter dessen quellend goldnem Grund
> Die toten Dinge schimmernd auferstehn …

Auch danach schlief er wieder, sank in Traumebenen ab, die sich nicht mehr in Erinnerung bringen würden, schlief sich durch den Fluß und durch den Tag und wollte bleiben, nichts als bleiben.

Als sie wiederkam, hatte sie alles für ein großes Essen eingekauft. Noch im Mantel, kam sie zu ihm ans Bett. Sie war naß, er zog ihr die Kleider aus, und während sie sich liebten, zupfte er fordernd an ihren Strumpfbändern, aber sie hielt seine Hände fest und sagte: »Alles, nur das nicht.«

Sie aßen, schliefen und umarmten sich, und er wußte nicht mehr, ob es Stunden, Tage oder Wochen waren. Von Zeit zu Zeit versuchte er es wieder. Wie sie denn wirklich heiße. »Otter!« Und welche Stunden und Kurse sie tagsüber besuche. Sie wolle sich vervollkommnen, und sie bestreite ihren Unterhalt, wenn es das sei, was er wissen wolle.

Nein, er meine es ehrlich und wolle mehr von ihr hören. Sie lebe gern am Fluß, auch wenn hier alles sehr klein sei, und sie liebe Musik, und gutes Essen. Muscheln zum Beispiel, und sie machte eine Dose auf. Und Krebse. Natürlich Hummer, und überhaupt, auch Champagner. Aus diesem Grunde habe sie welchen mitgebracht.

Und jeden Morgen nahm sie Geld aus der schwarzen chinesischen Lackdose und kam abends mit erlesenem Essen zurück, während er träumte, las und in den anhaltenden Regen schaute.

Im Grunde war er es zufrieden, daß er keine Antwort erhielt. So konnte er sich ihr ganz zuwenden, ihrer Gegenwart, ohne durch Vorstellungen abgelenkt zu werden, die er sich von der Zeit, in der sie nicht bei ihm war, hätte machen müssen.

Andererseits war da die Sache mit den Strümpfen. Sie blieb unerbittlich, dabei liebte er sie doch, auf seine Art. Alles andere mochte ihr Geheimnis bleiben, aber dieses intime?

Eines Abends hatten sie sich so heftig umarmt, daß sie ein zweites Bad nehmen wollte. Oder in Wirklichkeit nur die Strümpfe wechseln? Noch lief das Wasser. Die Versuchung war groß, er widerstand ihr nicht. Durch die Oberlichte – er hatte sich einen Stuhl geholt – konnte er auf sie hinunterblicken, wie sie in der schaumgefüllten Wanne kauerte und dann die nackten Füße auf deren Rand legte, um mit dem Oberkörper tiefer einzutauchen.

Es waren weiße, wohlgeformte Beine, und auch an den Füßen fiel ihm nichts auf, erst als sie die Zehen spreizte und die Häute, die sich zwischen ihnen spannten, massierte, glaubte er zu wissen, was es mit ihrem Geheimnis auf sich hatte.

Ihm war klar, daß es kindisch war, daß einem das als erwachsenem Menschen nicht passieren durfte, dennoch ekelte ihn.

Als sie wiederkam, stellte er sich schlafend, doch sowie sie sich an ihn drückte, versuchte er es noch einmal. Eben deshalb. In dieser Nacht zupfte er nicht mehr an ihren Strumpfbändern, auch war er zur Liebe zu müde.

Am Morgen wollte er nicht aufwachen. Sie schüttelte ihn. »Komm«, sagte sie, »du kannst hier nicht länger bleiben.« Sie zeigte ihm die leere, schwarz lackierte Dose, stülpte sie um, damit er sah, daß nichts mehr darinnen war.

Während sie Frühstück machte, zog er sich an. Noch regnete es, wenn auch eine Spur weniger stark als bisher, und das Herz krampfte sich ihm zusammen bei dem Gedanken, dieses Haus, den Fluß verlassen zu müssen. Er wollte leise auf sie zugehen und sie hinterrücks auf den Nacken küssen, aber sie spürte seine Schritte und wich ihm aus, indem sie ihm das Gesicht hinhielt. Aber dahin wollte er sie jetzt nicht küssen.

Während sie ihn fuhr, fiel sein Blick auf ihre weißen Regenstiefel, und er fühlte sich schuldig. Etwa fünfzig Meter vor dem Haupteingang der Firma hielt sie an. Was für zierliche Ohren sie hatte, was für glänzendes schwarzes Haar. Sehnsucht überkam ihn, sie in die Arme zu nehmen. Sie beugte sich über ihn und öffnete seine Tür. »Du mußt jetzt aussteigen.« Er gehorchte und haßte sich dafür.

Der Portier saß nicht in seiner Loge, was er für einen Glücksfall hielt. Während er die Treppen nach oben zagte, überlegte er angestrengt, womit er sein langes Fortbleiben entschuldigen sollte.

Auf dem Gang, vor seinem alten Büro, begegnete ihm die Sekretärin. Sie sah ein wenig übernächtig aus, fragte ihn aber dennoch freundlich, ob er gut geschlafen habe. Verwundert nickte er.

»Wenn ich nur auch früher gegangen wäre«, seufzte sie. »Ich bin natürlich wieder hängen geblieben, und jetzt brummt mir der Schädel.«

Er bot ihr ein Aspirin an, aber sie sagte, daß sie schon eines genommen habe. Außerdem würden sie jetzt sein Büro übersiedeln, und die Bewegung würde ihr guttun.

Auf seinem Schreibtisch lag wie immer die Morgenzeitung; er blätterte darin. Ein Blick auf das Datum belehrte ihn, daß nichts geschehen war, wofür er sich in der Firma entschuldigen müßte.

Lustlos begann er nach einer Weile seinen Schreibtisch auszuräumen.

Es hatte soeben zu regnen aufgehört.

Bindungen

In großen Kummer versanken sie aber, als die Prinzessin, da sie nun so alt geworden, um gehörig sprechen zu können, eine Sprache zu reden begann, die niemand verstand. Von weit und breit her wurden Sprachkundige verschrieben, um die Sprache der Prinzessin zu erforschen, aber das böse entsetzliche Verhängnis wollte, daß die Sprachkundigen, je gelehrter, je weiser sie waren, desto weniger die Reden des Kindes verstanden, die noch dazu ganz verständig und verständlich klangen.

»PRINZESSIN BRAMBILLA« VON E. T. A. HOFFMANN

Es ist in der Tat sehr wohl möglich, jemand zu lieben, das heißt durch ihn den ganzen befruchtenden, belebenden Einfluß zu verspüren, der davon ausgeht, und ihn dennoch mit all unsern wachen, bewußten Kräften des Geistes und der Seele abzulehnen.

»GEDANKEN ÜBER DAS LIEBESPROBLEM« VON LOU ANDREAS-SALOMĒ

Ich gehe im Zimmer auf und ab. Das Geräusch meiner Schritte dröhnt mir im Ohr, ich ziehe die Schuhe aus, aber selbst dann; da lege ich den einen Flickenteppich über den anderen, nun wieder gefangen im Kreis, den ich lange nicht durchbrechen kann.

Arbeiten. Natürlich arbeiten. Ich bin nicht im Sanatorium. Die Zigaretten, die Brille, Papier. Schon die Bücher sind nur mehr Attrappen. Aber wie hineinfinden, wenn man aus allem herausgerissen ist? Wie einer Arbeit nachgehen, wenn man sie hinter sich gelassen? Wenn man kaum mehr ans Papier glaubt? Der Weg zum Tisch hin ist so lang geworden.

Nur die Astlöcher im Fußboden sprechen, dieses bloße, versiegelte Holz, und Scheu überkommt einen, darauf herumzutrampeln. Nichts ist da von der Regelmäßigkeit eines Fliesenmusters, blaue und weiße Rhomben etwa, auf die man steigen oder nicht steigen könnte. Die Unwiderstehlichkeit, sich Gesichter auszudenken und dann in sie hineinzutreten.

Suche ich nur nach einem Alibi, um nicht schon wieder an der Luft sein zu müssen? Warum bist du nicht an der Luft? Du brauchst Luft, die Luft wird dir guttun. Als wäre im Haus gar keine Luft. Die Luft, diese Luft in den Bergen, die Waldluft, die Kühle, die von den Seen und Bächen herweht.

Ich könnte in keiner Stadt mehr leben, sagt Malwine, ich muß spüren, wie das Gras wächst.

Wenn ich genau hinschaue, kann ich den Kreis meiner Schritte in den übereinanderliegenden Flickenteppichen sehen. Ich würde mir gerne eine Zigarette anzünden. Manchmal helfen Gesten. Wenn ich innehalten und langsam den Rauch ausblasen kann. Konzentration, das ist es, was mir fehlt, was ich mir erzwingen möchte. Schon beim Griff nach dem Feuerzeug weiß ich, daß sie mir nicht schmecken wird. Wiederum ein Vorsatz durchbrochen. Die Reizung der Schleimhäute für den ganzen Tag, danach die suchtgemäße Wiederholung des Vorgangs.

Rauchend lehne ich am Fensterbrett, und da kommt die Landschaft meinen Wünschen schon wieder entgegen. Der Hang, aus dem das Haus hervorwächst, den Wald im Rücken. Das Geräusch des Baches; nachts vor allem hat es mich schon getäuscht, wenn es nach Regen klang. Die Büsche schräg hin zum Wald, dem Bach folgend.

Doch spazierengehen. Durch den Wald hinauf, in der Schwüle dann ins Schwitzen kommen, einen Baum fallen hören und das erneute Dröhnen der Motorsäge.

Vorsichtig asche ich zwischen die Fuchsienstöcke. Für Sekunden kann sich die Sonne freispielen, noch steigt Nebel an den Bergen hoch, wie nasser Hauch. Mein Blick verfängt sich im Grünen. Da geht mir etwas durchs Bild, und für Sekunden krampft sich mir das Herz zusammen. Eine gelbe Plastikkindersonnenbrille auf der Nase, das Gesicht möglichen Geräuschen zugekehrt, schlägt das Kind mit dem Stock gegen die Steine. »Zeno!« Ich habe den Schrei verschluckt. Nur der breite Hut, der nicht ihm gehören kann, und sein kleiner Kinderbergstock, nicht der Stock eines Blinden, deuten die Verkleidung an.

Ich kann nicht hören, was er sagt, offenbar erzählt er sich etwas. Von Zeit zu Zeit hebt er die freie Hand und unterbricht damit das eben Gesagte. Seine Gummistiefel hinterlassen Spuren auf dem noch feuchten Weg; wie er sie vorsichtig, Schritt für Schritt setzt, bohrt das Profil sich in den Sand.

Lautlos, jede mögliche Deckung nützend, kommt der Hund aus dem Wald geschlichen. Ich sehe zuerst nur ein Zusammenschlagen der größeren Doldengewächse am Wiesenrand, dann leuchtet das Fell tiefrot auf und ist wieder verschwunden. Bereits auf dem Weg, nur wenige Schritte hinter Zeno, richtet der Hund sich auf, und jetzt muß er sich schütteln. Zeno fährt herum. Er besinnt sich, daß er blind ist. »Bist du es, Sascha?« Der Hund, nun auf nicht verbotenem Grund, läuft auf Zeno zu, wirft ihn beinah um und beginnt ihn abzulecken.

»Hau ab«, schreit Zeno. »Siehst du nicht, wer ich bin?« Er versucht sich den Hund mit dem Stock vom Leib zu halten, was dieser für ein Spiel mißkennt. Er beißt in den Stock und läuft damit davon.

»Blödes Vieh, bring sofort meinen Stock her.« Als sei er nun völlig hilflos, dreht Zeno sich langsam im Kreis. »Komm sofort zurück.«

Der Hund liegt auf den Vorderpfoten, mit erhobenem Hinterteil. Er beginnt den Stock hin und her zu schlagen. »Komm sofort her.« Der Hund weicht ein paar Schritte zurück.

Plötzlich reißt Zeno sich Hut, Brille und Pullover vom Leib und steht in einem roten T-Shirt da, auf dessen Brustseite ein riesiges D gemalt ist. Er setzt eine schwarze Maske auf, und mit einem Sprung, zu dem er wie zum Flug ansetzt, wirft er sich hinter dem Hund her, in die noch feuchte Wiese.

Es muß kurz nach Mitternacht gewesen sein. Eine Art sechster Sinn sagte mir, daß du anrufen würdest. Ich schlich ins Stiegenhaus und hockte mich ans Telefontischchen. Ich konnte hören, wie Jakob und Malwine miteinander schliefen. Verhalten und im gleichen Rhythmus, wie nach langer Gewöhnung. Ihre Seufzer kamen gleichzeitig.

Das Schrillen der Telefonklingel tat mir bereits in den Ohren weh, um so mehr, je weniger es erfolgte.

Ich war im Dunkeln gekauert, und als Malwine ins Badezimmer ging, erschrak sie sehr, als sie mich beim Lichtmachen plötzlich dasitzen sah. »Ich dachte, es hätte geläutet«, sagte ich und ging in mein Zimmer. Meine Erwartung glich einem Phantomschmerz.

»Ich bin froh, daß ich Jakob habe«, sagt Malwine. Malwine hat Jakob, Jakob hat Malwine. Malwine hat die Blumen, Jakob den Hund. Jakob und Malwine haben Zeno, sie haben das Haus. Jakob fährt einen Volvo, Malwine irgendeinen Kombi, wegen der Einkäufe.

»Ohne Auto wären wir erschossen«, sagt Malwine. »In den Läden im Dorf unten gibt es nur das Nötigste, und wenn Zeno den Schulweg zu Fuß machen müßte ... Dafür haben wir es ruhig hier, sehr ruhig. Ich könnte es mir nicht mehr vorstellen, an einer Straße zu wohnen. Oder, wo immer ich gehe, an Schaufenstern vorüberzumüssen, die meine Aufmerksamkeit auf sich ziehen.«

Malwine malt. In der Art der naiven Malerei. Aber sie will nicht, daß man es so bezeichnet. Die

Gesten, mit denen sie mir beschreibt, was sie alles auf ihr nächstes Bild malen wird, sind die gleichen, mit denen sie mir, als wir noch Kinder waren, erklärte, wie sie den Tisch für ihr Geburtstagsfest dekoriert haben wollte. Ihre Bilder sind ansprechend in den Farben – lusterweckend, sagt Jakob – und werden auch gekauft.

»Es steckt viel Arbeit in dem Haus«, sagt Malwine. »Wir haben versucht, die Fassade, das Äußere zu erhalten, so gut es ging. Jahre meines Lebens, das kannst du mir glauben ... Und es innen so bequem wie möglich zu machen. Ölheizung, die Badezimmer, Küche. Ich wollte keinen Stilbruch. Sogar die Türen habe ich abgebeizt, die die ehemaligen Besitzer, Bauern, mit gräßlicher brauner Farbe übermalt hatten. Umgekehrt wollte ich es auch wieder nicht zu rustikal haben, mit dem Butterfaß als Schirmständer und so ... Du hättest es sehen sollen, wie wir es damals gekauft haben. Abbruchreif, hat man uns im Dorf gesagt. Aber das war der Neid. Wir haben es günstig bekommen, weißt du. Dafür sind wir auch monatelang herumgefahren, an jedem Wochenende. Die ganze Umgebung im Umkreis von vierzig Kilometern haben wir systematisch abgeklappert.«

»Ohne Auto wärt ihr da sicher erschossen gewesen ...«

»Das sagst du so ... aber du hast dich ja nie mit diesen Dingen abgegeben!«

Ich würde auch gern so ein Haus haben. Aber einfach so, ohne mich jahrelang damit beschäftigen zu müssen. Und dann mit der Sonne wandern.

Morgens im ostseitigen Zimmer, nachmittags im südseitigen, abends im westseitigen. Aber da schlafen Jakob und Malwine. Auch Zeno hat ein helles Zimmer. In meines scheint nur morgens die Sonne.

»Die Veranda ist ein Zugeständnis«, sagt Malwine. »Diese Art von Bauernhäusern hat an sich keine verglasten Veranden, höchstens übereinanderliegende Balkone. Aber du mußt zugeben, daß wir es gut gelöst haben, mit dem dunklen Holz und der Beibehaltung der alten Balkonbretter. Als der Balkon noch offen war, konnten wir ihn selten benutzen, trotz der Überdachung.«

»Ich hoffe, du fühlst dich wohl bei uns«, sagt Malwine. »Ich möchte dich nicht gegen deinen Willen hier festhalten.«

Wenn ich bloß wüßte, was ich tun soll. Ich bin hilflos. Im Augenblick bin ich hilflos. Ich könnte meinen Koffer packen, meinen Paß nehmen und Geld von meinem Konto abheben. Das könnte ich. Und woanders hinfahren. Ich bin in keinem Sanatorium.

Ich sollte etwas arbeiten oder mich im Haus nützlich machen, im Garten. »Du sollst dich entspannen«, sagt Malwine. »Richtig entspannen, ausschalten, vergessen. Tu, was dir Spaß macht. Geh spazieren, leg dich in den Garten. Soll ich Leute für dich einladen?«

Ich tue nichts, gar nichts. Bis auf das, daß ich hin und wieder meine Brille aufsetze, eine Zigarette rauche und mich vom Papier anfeinden lasse. Schon der Gedanke, daß ich je wieder etwas tun könnte, erschöpft mich.

Ich will nicht allein woanders hinfahren. Hier ist Malwine, meine kleine Schwester Malwine, meine hilfsbereite Schwester Malwine, meine glückliche Schwester Malwine.

Ich habe geträumt, daß dich jemand an einem langen Seil über die runde Erde zog. Ich weiß nicht mehr, ob das Seil um deine Mitte oder um deinen Hals geschlungen war. Es ist mir sehr wichtig, das herauszufinden, aber Träume sind nicht nachspielbar.

Der Hund legt den Kopf auf meine Knie. »Er mag dich«, sagt Jakob hinter mir. Ich streichle das lange, an den Spitzen blonde Fell, wie der leichte Wind es über meine Finger spielt, und ich ziehe den Fuß unter dem schweren Körper nicht weg. Als er Jakobs Stimme hört, wedelt der Hund mit dem Schwanz, ohne den Blick von mir zu wenden.

»Er mag dich.« Ob das wie eine Ermunterung klingen soll? Warum versucht Jakob mich zu ermuntern? Hält er mich noch immer für krank?

»Es geht mir gut«, sage ich, »von Tag zu Tag besser.«

Der Hund folgt mir, wann immer ich das Haus verlasse. Und wie rücksichtslos er sich an mich drängt, wenn er berührt werden möchte. Er stößt Zeno zur Seite und bohrt die Schnauze unter meinen Arm. Im Spiel stellt er sich auf und umfängt meine Hüften mit den Vorderpfoten.

»Nimm die Leine mit«, sagt Malwine, »wenn du in den Wald gehst. Sonst ist er plötzlich verschwunden. Er steht auf der Abschußliste.«

Blaffend stürzt der Hund vor mir her, duckt sich, als ich ihn einhole, damit ich den Karabiner einhaken kann. Ich möchte wissen, ob er mir wirklich fortlaufen würde. Ob ich es darauf ankommen lassen soll?

Dieser Hund ist mir als erster entgegengekommen. (Wie im Märchen erwünscht – wer oder was dir als erstes entgegenkommt, das mußt du zu mir in den Wald schicken, sagte der Bär zu dem Kaufmann, der ihm das Nußzweiglein gestohlen hatte. Aber ahnte die jüngste Tochter nicht schon etwas, als sie sich statt Kleidern oder Schmuck das Nußzweiglein ausbedungen hatte?)

Eines Tages werde ich ihm die Leine abnehmen, im Wald. Natürlich im Wald. Im Wald erweist es sich, wieviel ich über ihn vermag. Daß er sich im Wald auskennt, ist klar. Ich habe ihn heimlich aus dem Wald schleichen sehen. Er geht auch ohne mich in den Wald. Die anderen wollen es nur nicht wahrhaben. Ich habe es gesehen.

»Ich mag nicht mit dir gehen«, sagt Zeno, »ich spiel lieber.«

»Und was?«

»Das sag ich dir nicht.«

»Wenn ichs aber trotzdem weiß?«

»Dann weißt du was Falsches.«

»Und warum?«

»Weil ichs selber nicht weiß.«

»Wieso?«

»Ich denk mirs erst aus.« Zeno steht auf dem kleinen ungedeckten Balkon vor seinem Zimmer.

Er zieht eine Mundharmonika hervor und beginnt zu spielen. So gut er es eben kann, bläst er eine Melodie, die mich an etwas erinnert, ich weiß nur nicht genau an was. Eine sehr bekannte Melodie, dessen bin ich mir sicher. Ich habe die Melodie im Ohr, den Text aber nicht auf der Zunge.

»Was spielst du da?«

»Weiß ich nicht.«

»Das kenn ich …«

»Warum fragst du dann?«

Ob mir dieses Kind noch einmal entgegenkommen wird?

Ich bin ein Eindringling. Wenn Malwine und ich endlich ins Reden kommen, taucht Zeno auf, als hätte er uns durch die drei Paar Mauern hindurch hören können. Er hält Malwine den Mund zu oder er setzt sich auf meinen Schoß, damit Malwine nur über ihn hinweg mit mir sprechen kann. Sein Fleisch hat nichts gegen mich. Er legt seinen nackten Arm auf meinen nackten Arm und dirigiert meine Hand auf seinem Rücken. »Da sollst du mich kratzen, das ist angenehm.«

Malwine ärgert sich, versucht aber ruhig zu bleiben.

»Warum gehst du nicht zu Stefan hinunter?«

»Der ist nicht zu Hause.«

»Warst du schon bei ihm?«

»Nein. Aber er ist bestimmt nicht zu Hause. Außerdem soll er zu mir kommen.«

»Warts ab«, sagt Jakob. »Eines Tages findest du ihn morgens bei dir im Bett und er wird so tun, als habe er schon immer bei dir geschlafen.« Hat er den Hund gemeint oder Zeno? Wir sind unterbrochen worden. Der Hund kann sich die Türen allein aufmachen, und Zeno kommt morgens noch manchmal zu Malwine ins Bett.

Plötzlich fällt es mir ein. Ciao bella, ciao, ciao, ciao, ciao … Das ist es, was Zeno auf der Mundharmonika bläst.

»Woher hast du das Lied?«

Zeno zuckt die Achseln. »Ausm Zirkus. Als der Zirkus da war, hat die Kapelle das gespielt. Glaub ich«, sagt er dann.

Mir tut es schon leid, daß ich etwas gesagt habe. Jetzt wird er es immer spielen.

»Oder ausm Radio.«

Ich mache eine halbe Drehung, mehr mit den Schultern als mit dem ganzen Körper.

»Wart«, sagt Zeno, »ich hol meine Flöte und spiels dir darauf vor.«

Er bückt sich und bläst in die Flöte.

»Kannst du nichts anderes?«

»Doch. Aber nicht so gut.«

Ich gehe ein paar Schritte.

»Wart«, sagt Zeno. Er bückt sich und stellt dann sein Kinderxylophon auf den Balkonrand. Ciao bella, ciao, ciao, ciao …

»Du spielst immer nur die erste Zeile, warum?«

»Weil ich nicht weiter weiß. Weißt du weiter?«

»Nein.«

»Jetzt lügst du. Ich weiß ja, daß du das Lied nicht magst.«

»Ich geh jetzt.«

»Bleib«, sagt Zeno. »Ich werf dir das eine Ende vom Seil da zu. Das mußt du halten. Ich laß dann meine Seilbahn dran runter.«

»Komm, geh mit mir. Wir holen uns Erdbeeren aus dem Wald.« Ich greife nach dem Seil und spanne es.

»Ich möchte lieber hier mit dir spielen.«

Mit mir spielen. Fängt doch noch etwas an zwischen mir und diesem Kind? Ein Spiel, aus dem *etwas* wird? Die kleine Gestalt da auf dem Balkon oben, die an einem gespannten Seil etwas zu mir herunterläßt, das ich auffangen muß. Muß ich? Ich habe nicht aufgepaßt, und als die Seilbahngondel in rasender Geschwindigkeit auf meine Hand zufährt, erschrecke ich und lasse Seil und Gondel fallen.

»Blöde Kuh«, schreit Zeno.

Ich nehme die Leine und gehe auf den Wald zu. »Wirf mir wenigstens die Gondel wieder herauf«, höre ich Zeno schreien.

»Hol sie dir selber«, sage ich irgendwie erleichtert.

Wie hätte ich dir je trauen können? Da war kein goldenes Vlies, hängend im Maul eines Drachens, das du mithilfe meines guten Rates hättest erlangen können, obwohl ich Medeas Gefühle kenne. Ich stolperte und fiel auf dich zu, das war alles.

Ein Mann wie Jakob. »Wir kennen uns schon an die zwanzig Jahre«, sagt Malwine.

Mir ist Jakob nie aufgefallen, auch damals nicht, obwohl er schon zu uns ins Haus kam.

»Schau dir die kleine Malwine an«, habe ich Mutter einmal zur Emmi sagen hören, »wie die die Krallen einziehen kann, wenns ihr auf jemanden ankommt.« Sie merkten nicht, daß ich im Zimmer stand. »Die Fanny dagegen ist mehr wie ich.« »Drum schreist du auch dauernd mit ihr«, hörte ich die Emmi sagen.

»Ja«, sagte ich, »andauernd schreit sie mit mir.« Da fingen die beiden ziemlich dumm zu lachen an. »Der Lauscher an der Wand ...«, sagte Mutter. Und die Emmi meinte: »Was willst du, sie steht doch mitten im Zimmer.«

Ein Mann wie Jakob. Das erste und einzige Mal, bei dem Jakob mir einen Schrecken eingejagt hat, war, als ich in die Kreisstadt gefahren war, um Besorgungen zu machen. Obwohl Malwine mich hinbringen wollte, bin ich mit dem Bus gefahren. Jakob sollte mich abends mit nach Hause nehmen. Als ich dann gegen sechs auf seine Ordination zuging, sah ich ihn am Fenster stehen. Ich erfaßte gar nicht gleich, daß es Jakob war, der, mit einer unheimlichen, brillenähnlichen Apparatur auf der Nase, auf etwas blickte. *Sköne Oke,* rief es in mir, *sköne Oke,* und der piemontesische Wetterglashandler Giuseppe Coppola jagte mir einen leisen Schauer über den Rücken. So also konnte Jakob aussehen, wenn er arbeitete, wenn er nicht zu Hause in Ruhe sein Menschsein spielte, inmitten der Wiesen und Wälder, in dem alten Haus, das nicht an der Straße, nur an einem asphaltierten Weg liegt. (»Weißt du, wie staubig das war, als da noch Schotter lag?«) Damals hat Jakob mir für Sekunden einen Schrecken eingejagt.

Als der letzte Patient gegangen war, wollte ich mir dieses Gerät genau anschauen und setzte es selbst auf die Nase. Ich schaute in den Spiegel, und mein Gesicht erschien mir wie die Visage eines Insekts. Jakob lachte. »Du mußt immer alles genau wissen. Daß dir das nicht irgendwann einmal zu dumm wird.«

Auf der Heimfahrt schaute ich mir Jakob zum erstenmal genauer an.

Einmal griff er beim Schalten nach meinem Knie und lachte dabei, als sei er diesen Witz mir und sich schuldig gewesen. Zu Hause versuchte er dann Malwine so etwas wie eine Kumpanei zwischen ihm und mir vorzuspielen. Dabei trug er so dick auf, daß es eher wie eine therapeutische Maßnahme denn wie ein Spiel herauskam. Mit der Zeit merkte er es selber, und als Malwine in die Küche ging, um das Abendessen fertig zu machen, schenkte er uns beiden wortlos einen Schnaps ein, der dann doch noch so etwas wie Kumpanei bewirkte.

Malwine zieht sich immer um, bevor Jakob nach Hause kommt. Als hätte er ein Anrecht auf absolute Frische und ein mattes Glänzen der Oberfläche. »Warum?«

»Weil dann auch für mich Feierabend ist«, sagt Malwine. »Und wenn man schon selten wohin kommt, so wie wir ...«

Sie zündet Kerzen an, und ich trage das Geschirr hinaus in die Abwasch, die einzige Art von *Arbeit,* die ich ihrer Fürsorge abgetrotzt habe. Während ich das Geschirr wasche, kann sie Jakob erzählen, was sie tagsüber mit mir erlebt hat. Inwieweit sie sich noch oder nicht mehr Sorgen um mich macht und ob Zeno sich nun endlich an mich gewöhnt hat.

Später dann, wenn sie Musik hören, setze ich mich wieder zu ihnen, wenn es nicht gerade die *ewige* Barockmusik ist. Und Jakob schenkt mir immer wieder nach, bis ich sentimental werde und ganz in die Musik finde oder halb heulend nach oben flüchte.

Malwine hat Blockflöte gespielt, Jakob Geige, das geht nicht so gut zusammen. Malwine malträtiert Zeno mit der Flöte, und Jakob ... »jeder ist eben kein Gidon Kremer, kein Pinchas Zukerman. Da hör ich mir lieber Platten an.«

Mich hat Mutter kein Instrument lernen lassen. Mich hat sie in den Italienisch-Unterricht geschickt statt dessen. »Sprachen, das ist es, wofür du begabt bist, was soll ich dich jahrelang Tasten hämmern lassen ...«

Wie sicher sie sich ihrer sind, Jakob und Malwine. »Man bekommt nichts geschenkt«, sagt Malwine. »In eine Beziehung mußt du investieren. Du brauchst nicht zu glauben, daß es immer so gut gegangen ist. Wir haben auch unsere Probleme gehabt.«

Manchmal jault der Hund bei den hohen Tönen, dann muß er in den Garten hinaus. Ich bin mit ihm gegangen.

Er fordert mich auf, mit ihm in den Wald zu

kommen. Als ich nicht gleich will, bedrängt er mich mit seiner hündischen Zärtlichkeit, fordernd und seinen Willen auf mich übertragend, so daß ich ihm folge. Ein schönes Tier.

Wie er so vor mir herläuft. Mit wehendem roten Haar, ganz der Sensation hingegeben. Und doch sieht er sich immer wieder nach mir um, wartet sogar oder läuft zu mir zurück, wenn ich ihm zu lange nicht komme. Der Dunkelheit wegen gehe ich auf dem etwas breiteren Weg. Der Mond ist im Abnehmen, aber sein Licht noch hell genug, daß ich Strünke und querlaufende Wurzeln unterscheiden kann. Streckenweise geht der Hund bei Fuß, ich habe die Leine absichtlich zu Hause gelassen. Das leicht gelockte, seidige Fell streift meine nackten Waden, und ich lege meine Hand auf seinen Kopf, um ihn wiederzustreicheln. Rundum ist Holz geschlägert worden. Der starke Duft des Harzes weht wellenweise auf mich zu, dazwischen glaube ich den Geruch noch sonnenwarmer Erdbeeren zu spüren, und je weiter die Nacht fortschreitet, desto deutlicher ist auch der Modergeruch des vorjährigen Laubes wahrzunehmen sowie das Rascheln, das jeder Schritt auf der obersten, trockenen Schicht verursacht.

Einigemale, wenn der Hund kurz verhält, die Nase hebt und sich reckt, wenn ich glaube, daß ein Geruch, eine Spur seine Aufmerksamkeit von mir abzieht, rufe ich leise seinen Namen. Und wenn er dann wieder in den Rhythmus meiner Schritte zurückfällt, klopfe ich ihm lobend den Rücken.

Er wird nicht davonlaufen, sage ich mir, jetzt

nicht mehr, und um ihn nicht zu sehr auf die Probe zu stellen, um die Versuchung in einem zumutbaren Ausmaß zu halten, biege ich mit ihm zu den Feldern hin ab.

Die Anspannung meiner Sinne fällt mir erst auf, als der Wald hinter uns liegt und ich aufzuatmen beginne. Auch der Hund scheint erleichtert, springt ein paar Meter vor mir her, kehrt aber wieder an meine Seite zurück. Wir gehen zwar noch immer am Rand des Waldes entlang, aber es ist, als hätte der Wald nun keine Bedeutung mehr. Hier ist Feld, und es wird nicht lange dauern, und man kann auch das Haus wieder sehen.

Ich gehe am Feldrand, während der Hund neben mir den Waldrand entlangtrabt. Da höre ich dicht neben meinem Fuß ein Geräusch, und dann läuft etwas. »Sascha«, rufe ich leise, aber da ist er schon an mir vorbei, über mich drübergesprungen, die Kralle einer seiner Zehen hat meine Füße in den offenen Schuhen geritzt, und sein Körper ist im Absprung gegen den meinen gestoßen.

»Sascha«, rufe ich noch einmal, wenngleich mir klar ist, daß er mir nicht gehorchen wird.

Bald darauf höre ich den Schrei eines Tieres, der mir durch Mark und Bein geht. Dann kommt er, und ich sehe, so gut sich das in der Dunkelheit ausnehmen läßt, etwas aus seinem Maul hängen, das noch zuckt.

»Sascha«, schreie ich, aber er macht keine Anstalten, die Beute zu lassen, sondern setzt sich und versucht bei geschlossenem Maul die Zähne noch fester zusammenzubeißen.

Ich gehe auf ihn zu, aber als ich mit der Hand auf seinen Kopf zukomme, knurrt er.

Und *ich* habe die Leine absichtlich zu Hause gelassen! Wie hat Malwine gesagt? »Er kann keiner Spur widerstehen. Das ist einfach in ihm drin. Man darf es erst gar nicht so weit kommen lassen.«

Enttäuscht gehe ich davon, hoffend, daß es niemand gesehen oder gehört hat. Ich spüre den Hund in einiger Entfernung hinter mir nachschleichen. Vielleicht will er das Tier – ich nehme an, daß es ein Hase ist – auch noch Jakob zeigen. Dann aber höre ich, wie er sich in die Büsche schlägt. Soll er es wenigstens fressen.

Ich will nicht gleich nach Hause zu Jakob und Malwine, die aneinandergelehnt *Der Tod und das Mädchen* hören oder die *Waldstein-Sonate,* gespielt von Friedrich Gulda. Ich mache einen Bogen, schräg auf einen Weiler zu, der Weg ist nur spärlieh von vereinzelten Straßenleuchten erhellt. Obwohl im Ort unten Sommerfrischler wohnen, begegnet mir niemand. Die paar Bauernhäuser sind bereits dunkel, und aus einem der offenen Fenster dringen die Schreie einer Frau. Das klingt nicht nach Lust, was hier dem Höhepunkt zuschreit, in immer neuen Anläufen, mit kleinen Pausen dazwischen. Das klingt nach Geschundensein, nach Schmerz und wilder Entschlossenheit.

Angewidert kehre ich um. Da höre ich den Hund laufen, und schon stößt auch seine Schnauze gegen meine Hand. Ich zucke, als hätte er mich mit Blut beschmiert. Sowie ich ihn anschaue, legt er sich auf den Boden als erwarte er, daß ich ihn schlage.

In dem Augenblick aber, als ich auch nur mit Blikken einzulenken scheine, springt er an mir hoch, leckt an meinen Armen und umkreist mich dann in einer Art von Freude, die mir peinlich ist.

Mit dem Hund bei Fuß komme ich zum Haus zurück. Jakob öffnet die Tür. Wahrscheinlich wechselt Malwine gerade die Platte, und Jakob war auf die Toilette gegangen; die Klospülung rauscht noch.

Ihr seid ohne Leine weggewesen? Jakob zieht die Augenbrauen hoch.

»Da staunst du, was?« Ich will, daß es ironisch klingt.

Entgegen seiner sonstigen Gewohnheit, springt der Hund nicht an Jakob hoch, sondern hält sich ganz an meine Nähe, so als müsse ich ihn als Komplizin vor den Folgen seiner Tat schützen.

»Irgendwas war doch?« Jakob schaut uns an.

»Ich bin müde«, sage ich und gehe auf mein Zimmer.

Ich habe alles von Anfang an für unwahrscheinlich gehalten. »Du mit deiner Erfahrung«, hast du gesagt, »spiel dich frei. Ich habe eine Wollust nach deinem Körper.« Und es störte mich, daß da grammatikalisch etwas nicht in Ordnung war.

»Dieses Haus«, sagt Malwine. »Es ist schon gut, daß ich restaurieren gelernt habe. In einigen Zimmern sind die Holzdecken übergipst gewesen, und ich habe ganze Schichten abgetragen.«

»Und diese Hinterglasbilder?« Ich deute auf einen hl. Georg und einen hl, Florian, die links und rechts von einer Nische, in der eine holzgeschnitzte, etwas wurmstichige Madonna steht, hängen.

»Diese da?« Malwine schaut mich einen Augenblick lang erwartungsvoll an. »Merkst du nichts?« Sie geht mit der Stimme herunter. »Die hab ich selbst gemacht, nach alten Vorlagen natürlich.«

»Schön«, sage ich. Und da gefallen mir die zwei Heiligen wirklich.

»Soll ich dir zeigen, wie man so was macht?«

»Lieber nicht. Du weißt, ich bin nicht fürs Händische.«

»Hast du nie Lust, etwas mit deinen Händen zu machen?« Und dann fügt sie noch hinzu: »Es beruhigt, und man hat das Gefühl, daß etwas entsteht.«

»Glaubst du, ich würde mich besser fühlen, wenn ich fünf Meter Schal stricke?«

»Warum nicht? Ich kenne eine Reihe von Frauen, die leidenschaftlich gern stricken; es hilft ihnen.«

»Beim Arbeiten?«

»Beim Nachdenken«, sagt Malwine geduldig.

»All diese Beschwichtigungsrituale …« Ich lege meine Hände betont ruhig auf den Tisch … »Die verstellen einem nur die Sicht auf das, was man wirklich will.«

»Und was willst du wirklich?« Malwine hat zu schnell gefragt. Ich sehe ihr an, daß es ihr leid tut, mich so direkt angesprochen zu haben. Aber ich kann ihr diese kindische Schonung nicht ewig durchgehen lassen. Jetzt will ich darüber reden.

»Was ich wirklich will? Ihn.«

»Aber Fanny.« Malwine schreit beinahe. »Du

hast selbst gesagt, daß du das nicht willst. Daß es nicht geht. Es ist sinnlos.«

»Eben.« Und zum erstenmal bleibe ich ruhig in einem Gespräch wie diesem. »Aber da kann ich mir keinen Schal drumherumstricken.«

Malwine seufzt. Gleich wird sie malen gehen. Meine Hände liegen noch immer auf dem Tisch, vollkommen ruhig.

Zeno kommt über die Wiese gelaufen. Gewiß ist er bei seinem Freund gewesen. Der Plastik-Säbel schlenkert gegen seine Knie, und er muß ihn festhalten.

Ich habe herausgefunden, wo er ins Haus einsteigt, wenn er *auf seine Weise* heimkommt. Ich stelle mich also in die Besenkammer, ohne mich zu verstecken. Ich stehe einfach da, ein Besen unter Besen. Zeno, bereits am Fensterbrett, schaut mich sekundenlang an, bis er mich endlich wahrnimmt.

»Wow«, sage ich, einen Atemzug, bevor der Schreck ihn durchfährt. Für einen Moment sieht es so aus, als würde er vom Fensterbrett fallen, doch dann faßt er sich und läßt sich vorsichtig herunter. »Blödes Monster«, sagt er und geht mit dem Säbel auf mich los.

»Stich mir nicht die Augen aus, sonst spiel *ich* den *blinden Dämon.*«

Verblüfft hält Zeno inne. »Woher weißt du, daß *der Dämon* blind ist?«

»Du hast das Heftchen neulich im Klo liegen lassen.«

»Kennst du auch *die Spinne?*«

»Ich kann Spinnen nicht ausstehen.«

»Fürchtest du dich vor ihnen oder grausts dir nur?«

»Beides. Jetzt habe ich mich verraten.«

»Aha«, sagt Zeno genüßlich.

Nur in der Spontaneität ist Rettung. Spring, ohne zurückzuschauen. Vielleicht entgehen wir so dem Infarkt. Unseren Krebs tragen wir ohnehin schon in uns. Eine Möglichkeit der Heilung also? Dann aber bist du am Ufer stehengeblieben und hast gefunden, daß man mehr erfährt, wenn man anderen zuschaut, die springen. Die Vielfalt der Möglichkeiten, faszinierend. Und du dachtest sogar an die Verantwortung, die du für ein paar Menschen trägst. Ich war gar nicht daraufgekommen, daß im Springen unsere Chance läge, dein Rückzug aber tat weh.

Eine lange, durchschlafene Nacht und ein Gefühl beim Gehen, wie in neuen Tennisschuhen. Ich nehme zwei Treppen auf einmal, und meine Schritte federn auf dem Teppich.

»Ich habe uns ein paar Leute eingeladen«, sagt Malwine. »Es gibt in der Umgebung ein paar ganz nette Menschen, ein bißchen verstreut, aber sie haben alle Autos. Du wirst sehen, sie sind gar nicht übel …«

»Kann ich dir bei was helfen?«

»Jetzt noch nicht. Vielleicht am Nachmittag, wenn ich die Saucen für die Salate vorbereite und die Desserts …«

Das ist Malwine, meine kleine, glückliche Schwester, der alles gerät, was sie in die Hand nimmt. »Malwine denkt mit den Händen«, habe ich Mutter einmal zur Emmi sagen hören. »Gott sei Dank, daß wenigstens eine von uns auf die praktische Seite fällt.« »Ja«, sagte die Emmi, »denn du kannst bis heute noch keine ordentliche Suppe kochen, von allem anderen gar nicht zu reden. Aber das brauchst du ja auch nicht, solange du mich und einen anständigen Beruf hast. Nur um Fanny mach ich mir Sorgen.«

Mutter lachte dröhnend: »Wie sagt Madame Curie? Wer sich auf die Wissenschaft einläßt, kann nicht auch noch nach Staub unterm Bett suchen.«

Ich werde also mit Malwine in der Küche stehen und Saucen rühren nach ihrer Anleitung, damit abends die Gäste sich über ihre geschickte, reizende Malwine freuen, die einfach alles kann, Bilder malen, Kinder erziehen (Zeno wird sich den ganzen Abend über anständig aufführen), ein Haus instandsetzen und auch noch himmlisch für ihre Gäste sorgen.

Ich habe aufgehört, mich für diese kindische Eifersucht zur Rechenschaft zu ziehen. Malwine behauptet *auch* noch immer, sie hätte nur meinetwegen nicht studiert, weil sie von Anfang an mit meinen Noten nicht hätte Schritt halten können. Und Mutter hätte in der Volksschulzeit schon erklärt: »Fanny ist meine Intellektuelle und Malwine meine Tüchtige.«

Der Hund kommt auf mich zugesprungen. Die Augen sehnsüchtig in meinen Blick tauchend, wedelt er unaufhörlich mit dem Schwanz. »Ich hab keine Lust«, sage ich. Da läuft er zur Garderobe und kommt mit der Leine im Maul zurück. Und da kann ich nicht widerstehen.

Ich habe Zeno vom Labyrinth erzählt und von Theseus. Und wie Ariadne ihm herausgeholfen hat, die blinde Ariadne.

Während ich mit dem Hund an der Leine auf den Wald zugehe, sehe ich Zeno und ein kleines Mädchen aus der Nachbarschaft hinter der Waschküche spielen. Zeno hat ein dickes Buch aufgeschlagen (allem Anschein nach aus Jakobs Bibliothek) und versucht mit einem Stock das Labyrinth in den Sand abzuzeichnen.

Das kleine Mädchen hat die gelbe Kinderplastiksonnenbrille auf und läßt Faden von einem gelben Knäuel, der aus Malwines Strickerei stammt.

Zeno und Malwine sind sehr zärtlich miteinander. Manchmal belausche ich sie, wie sie irgendein kindisches Spiel zuende spielen. Malwine wird aber schneller ungeduldig, wenn sie sich allein mit Zeno glaubt. Zeno steht ihr in nichts nach.

Ich kam gerade zum Frühstück, als ich die beiden reden hörte.

»Warum ist sie bei uns?« fragte Zeno.

»Weil sie meine Schwester ist.«

»Sie war doch sonst nie bei uns.«

»Sie ist krank gewesen.«

»Jetzt ist sie aber nicht mehr krank.«

»Sie muß sich erholen.«

»Und warum muß sie sich bei uns erholen?«

»Weil ich es so will«, rief Malwine, »und damit Schluß.«

»Ich will es aber nicht«, sagte Zeno, so leise, daß ich es gerade noch hören konnte. Das war in den ersten Tagen. Und beinah genoß ich Malwines Verlegenheit, als sie mich in der Tür stehen sah.

Dieser Hund ist mir als erster entgegengekommen. Treu seinem Herrn, hat er nur mit mir eine Ausnahme gemacht. Er hat mich erobert. Und so, als wüßte er genauer als ich darum, führt er mich, seine Eroberung, vor. Wenn uns jemand begegnet, drückt er sich gegen meine Knie, spielt mit der Leine oder leckt meine Hand, um keinen Zweifel an dem vertrauten Verhältnis aufkommen zu lassen. Wenn aber Jakob nach ihm pfeift, treten ältere Rechte in Kraft, und so wie der Hund mich dann anschaut, ist es, als wolle er mir auch noch mit seinem Gehorsam gegen Jakob imponieren, als veranstalte er dieses Springen auf Abruf, um mir zu zeigen, wozu er imstande ist.

»Ach, liebe Malwine.« Und es werden die herrlichen Salate gelobt und das selbstgebackene Brot, das in Wahrheit viel pappiger schmeckt als das gekaufte, aber es ist hausgemacht, und man backt sein Brot wieder, weil das gesünder ist, noch dazu wenn man weiß, wo das Mehl herkommt.

»Unser gelehrtestes Stück«, sagt Jakob und geht so weit, mir dabei auf die Schulter zu klopfen, und ich verfalle auf die Idee, zu erklären, wie im Vorderen Orient von *Frühtranskaukasisch III* an Brot auf heißen Steinen gebacken wurde, aber so, daß es nur an wenigen Stellen auflag, die dann schwarz waren, und wie ich das kürzlich noch so ähnlich in Ost-Anatolien gesehen habe.

»Ist das nicht krebserregend, diese verbrannten Stellen?« fragt jemand dazwischen.

»Darüber fehlen uns verläßliche Daten«, sage ich gelassen.

Es findet sich jemand, der meinen Namen in einem Grabungsbericht in irgendeiner wissenschaftlichen Zeitschrift gelesen und damals schon Malwine gefragt haben will, ob wir miteinander verwandt seien.

Und dann fängt ein Cello-Körper mit Tizianhaaren – eine Antiquitätenhändlerin, liebenswert, aber verrückt, wie Malwine mir hinter vorgehaltener Hand zuflüstert – damit an, mit ägyptischen Dynastien um sich zu werfen, wobei sie ständig das Obere mit dem Unteren Reich verwechselt, und wie unübertrefflich diese ägyptische Kunst sei, und daß sie einmal jemanden kennengelernt habe, einen Kopten, der siebenundvierzig koptische Bräuche herausgefunden habe, die sich unmittelbar auf die altägyptischen zurückführen ließen, und ob ich denn wisse, daß zwei Drittel aller ägyptischen Frauen, und sie blickt sich um in der Runde, gespannt, ob diese Bombe wohl auch richtig zünde, heute noch beschnitten werden, jawohl beschnitten.

»Ja«, sage ich, ohne daß sie mich hört, denn sie

ist schon wieder weiter, diesmal in Luxor, bei den Königsgräbern, und was die Touristen darin für Schaden anrichteten. Die Nubier aber seien die schönsten Menschen, die sie je gesehen, einfach zum Verlieben …

Etwa zwanzig Leute bewegen sich von Salatschüssel zu Salatschüssel, von Platte zu Platte, setzen sich wieder oder stehen herum. Ich flüchte mich in den Lehnstuhl in der Ecke, und wer sich drumrumsetzt, will wissen, wie das so ist bei einer Grabung, oder taxiert, wie ich ins hiesige Gesellschaftsspiel eingebaut werden könnte.

Malwine hat sie alle um sich versammelt, die behäbigen Pseudogenies, die friedlich in ihren fachmännisch restaurierten Häusern sitzen und sich für Kunst und Wissenschaft interessieren, um ihre einträglichen Berufe zu ertragen. »Du bist ungerecht«, flüstert Malwine, die mich denken gehört hat.

Der Wein ist gut. »Jakob versteht nämlich was von Weinen«, hat Malwine mir neulich erklärt. Und ich erzähle, wie es ist bei einer Grabung, im Orient zum Beispiel. Wie sie mir die Schlange ins Bett gelegt haben, eine harmlose natürlich, die dann zum Grabungsmaskottchen wurde. Und wie ich nachts auf der Bettdecke in einen Skorpion gegriffen habe. Wie man mir dann mit zwei großen Gläsern Schnaps beigestanden hat. Eines mußte ich trinken und in das andere meinen Finger stecken.

Etwas in mir ist wild entschlossen, sich zu amüsieren. Was soll ich ihnen denn sagen? Daß es die einzige Grabung war, an der ich aktiv teilnehmen konnte? Daß auch in dieser Wissenschaft das meiste am Schreibtisch passiert, daß es nur ganz wenigen gegönnt ist, Feldforschung zu treiben? Daß es, wie alles, eine Frage der Mittel ist?

Und während ich sie mit all den oft erzählten Geschichten abspeise und Zusammenhänge, die mich interessieren, nicht einmal andeute, werden in ihnen Sehnsüchte wach wie sonst nur noch bei den Studenten im ersten Semester, die bei mir eine Vorlesung über Grabungstechnik hören.

Allem Anschein nach mache ich mich vor Leuten wichtig, die mich gar nichts angehen. Den Mann, der links von mir sitzt, und die Frau neben ihm, die sich mit dem Ellbogen auf seinen Schenkel stützt, finde ich sympathisch, wahrscheinlich weil sie mir so interessiert zuhören. Mit denen, denke ich, könnte ich vielleicht wirklich über was reden.

Doch dann bin ich mein Gehabe leid. Auch darauf verstehe ich mich nur allzu gut, nämlich den Spieß umzukehren und selbst zu fragen. Und wenn die Geschichten, die ich zu hören bekomme, langweilig sind, brauche ich nur aufzustehen, so als müsse ich kurz hinaus, um dann auf dem Rückweg anderswo *hängen* zu bleiben.

Ich höre Malwines klirrendes Lachen, und ich sehe Jakob sich neben einer brünetten Frau mit langen Ohrgehängen im zweisitzigen Sofa räkeln. Von Zeit zu Zeit werfen sie sich einen Blick zu, Jakob und Malwine, so als könne ihnen und ihrer Liebe überhaupt nichts passieren. Wie sicher sie sich ihrer sind.

Ich will mir noch etwas zu essen holen und ein neues Glas Wein. Ob er das für mich tun könne. »Nein«, sage ich zu dem Mann links von mir, »ich möchte selber aussuchen.«

Hinterm Büffet kauert Zeno, einen Schöpfer in der Hand, mit dem er schlaftrunken im Kompott rührt.

»Soll ich dir einschenken?« fragt er. Es fällt ihm schwer, die Lider zu heben.

»Kannst du gar nicht mehr …«

»Doch.« Er schüttet daneben. »Bringst du mich ins Bett?«

»Und deine Mutter?«

»Ich hab ihr versprochen, allein ins Bett zu gehen.« Er ist zum Umfallen müde. Ich trage ihn das letzte Stück.

»Mach bitte das Fenster zu«, sagt er aus dem Bett.

»Warum? Es ist gar nicht kalt.«

»Der *Dämon* und die *Spinne* haben Streit miteinander. Ich möchte nicht im Schlaf überfallen werden.« Als ich den Vorhang vorgezogen habe und das Licht lösche, ist er schon eingeschlafen.

Ich weiß nicht, wie du es dir vorgestellt hast, eine Vorstellung mußt du ja gehabt haben. Auf welche Weise du mich dir einverleiben wolltest, ohne deine gewohnte Gestalt zu verlieren. Ganz, hast du gesagt, mit Haut und Haar, um in einem bestimmten, verbotenen Gefühl zu baden. Aber ich kann nicht mehr in die Leere hinein lieben.

Ich beuge mich zu Jakob, der mich familiär umfängt. »Ach Fanny, du schätzt meinen Wein, wie ich sehe.« Und da kommt der Cello-Körper wieder auf mich zu und bratscht etwas vom *Totenbuch der Nofretari* und ob ich auch der Meinung sei, man müsse die Gräber sperren und nur mehr wirklich Auserwählte hineinlassen.

»Bewegt euch ein bißchen«, sagt Malwine und fordert einen Bauernmöbelhändler zum Tanzen auf. Nach Jakob kommt ein Mann auf mich zu, der während des Soul-Stücks danach fragt, ob ich ihm nicht behilflich sein könne. Er habe da eine gewisse Summe an der Hand, die er gern in etruskische Vasen investieren wolle. Ich würde mich doch auskennen, hinsichtlich gefälschter Gutachten und so?

»Schon«, sage ich, »aber warum investieren Sie nicht in ägyptische Tiermumien, da wüßte ich eine Dame, die Ihnen von großem Nutzen sein könnte.«

»Oder in Draculazähne?« fragt Malwine lachend, die mit Jakob neben mir tanzt. »So schön vampirige?«

Ich lache über alles. Jetzt muß ich unbedingt die Stimmung halten. Wenn ich jetzt abstürze, dann war das Ganze vergebens, die zahme Unterhaltung, meine Freundlichkeit, das Anmichhalten, ja sogar der Wein.

Die meisten Gäste sind schon gegangen. Beim Verabschieden der letzten fällt mir auf, daß ich mir keinen einzigen Namen gemerkt habe.

»War doch ganz lustig.« Jakob hängt sich bei mir und Malwine ein, als wir zurück ins Haus gehen.

Aber schon während ich mit einer letzten Zigarette in der Hand die Stiegen hinauftrotte, kommen mir die Tränen.

Ich erwache von einem scharfen Druck gegen meine Kniekehlen. Der Hund liegt in meinem Bett, mit dem Rücken gegen die kühlende Mauer, die Pfoten gegen meine Beine gestemmt, so daß die Wolfsklauen spürbar sind und die rauhe, steinharte Haut der Ballen. Zu allem Überfluß schnarcht er auch noch.

»Hallo«, sage ich, etwas laut. Ich merke, wie seine Ohren sich bewegen, dann klopft er mit dem Schwanz auf die Matratze.

Mein Kopf ist dumpf, und meine Zunge schmeckt nach Teer. Es ist neun vorbei, aber alles schläft noch.

»Raus«, sage ich. Der Hund klopft noch lauter gegen die Matratze.

»Blödes Vieh!« Wo soll ich bloß die Energie hernehmen?

»Raus«, sagt da noch jemand, schrill und fordernd. Zeno hat lautlos die Tür, die der Hund bereits geöffnet haben mußte, noch weiter aufgemacht.

»Hallo«, sage ich noch einmal, mutlos.

»Komm sofort aus dem Bett«, schreit Zeno. Der Hund schaut auf. »Raus. Sofort. Komm her.«

»Mach schon.« Ich trete mit dem Fuß leicht nach, und der Hund setzt sich auf das äußerste Ende des Bettes. Er beißt in seinem Fell herum, streckt sich, kann sich nicht entschließen, das Bett aufzugeben.

»Achtung«, schreit Zeno und stürzt sich als *Dämon* ins Bett, taucht unter die Decke und kommt prustend neben meinem Kopf wieder hoch. Die Anwesenheit von Zeno ist irgendwie tröstlich. Der kleine, warme Körper mit dem festen Fleisch.

»Pfui«, schreit Zeno, »du stinkst nach Wirtshaus.« Betroffen drehe ich den Kopf zur Seite. Die vielen Zigaretten, der Wein … Ich gehe ins Badezimmer, wasche mir das Gesicht, putze die Zähne. Als ich zurückkomme, hat Zeno sich aus dem Bettzeug eine Höhle gebaut, vor der der Hund als Wachhund liegt.

»Und ich? Wie stellt ihr euch das mit mir vor?«

»Du mußt dich anschleichen«, sagt Zeno. Der Hund legt seufzend den Kopf auf die Vorderpfoten. Da stürze ich mich auf die Höhle und lege mich auf Zeno, der kichernd zu strampeln beginnt. Der Hund ist aufgesprungen und kläfft. »Raus«, brülle ich, »raus mit euch beiden.« Ich leere Zeno mitsamt der Decke aus, der Hund springt auf den Boden. Aber was soll *ich* ohne Decke im Bett? Also ziehe ich mich im Badezimmer an, während Zeno und der Hund miteinander balgen.

Du hast mich aus der Reserve gelockt, das stimmt. Mein Gott, geschlafen hätte ich auch so mit dir. Aber kannst du mir sagen, wie ich nun in diese Reserve zurückkomme? Was ich so sehe, ist sie verbraucht, und mir eine neue zu schaffen, fehlt es an Gelegenheit. Da müßte ich ja aus dem Vollen schöpfen können, eine Weile zumindest. Die Lust besteht aber im

Augenblick darin, mir all deine Ungeheuerlichkeiten noch einmal in kräftigen Farben auszumalen. Man muß Drainagen fürs eigene Herzblut legen. Wenn das nur so ginge, wie man es sagt, nämlich das mit den scharfen Schnitten. Du hast dich überfressen, mein Lieber, mit mir als einer jener Gelegenheiten, die ein bißchen zu schaffen machen. Aber Gott sei Dank, jetzt hast du es hinter dir und kannst dich auf angestammtere Rechte berufen, aufs Erprobte, das dir immer genügend Spielraum gelassen hat.

Zeno und Malwine sitzen auf der Veranda beim Frühstück. Malwine sieht müde aus. Sie blättert in der Zeitung, während Zeno ihr etwas zu erklären versucht. Er trägt einen spitzen Hut und ein altes Hemd von Jakob, um das er einen Seidenschal von mir als Gürtel gebunden hat.

Während ich langsam vom Wald herunterkomme, kann ich ihn schon hören.

»Ich zaubere dir jetzt was vor.« Malwine reagiert nicht.

»Schau mir zu, du mußt mir zuschauen.« Zeno hat die Hände auf dem Rücken. »Ich zaubere jetzt.«

Malwine schaut auf. »Iß zuerst dein Ei, dann kannst du immer noch zaubern.«

»Nein«, sagt Zeno, »es geht nur jetzt.«

»Iß dein Ei.«

»Hab ich doch schon«, schreit Zeno.

»Da steht dein Ei.«

»Eben nicht. Ich hab doch gerade jetzt eines hergezaubert.«

Mit einem einzigen Löffelschlag zerdeppert Malwine das hergezauberte Ei, in der Annahme, es sei das von Zeno leergegessene und umgestülpte. Sein Inhalt kleckert auf das Tischtuch.

»Bist du verrückt«, schreit Malwine, »das ist ja ein rohes Ei. Was soll das?«

»Hab ich ja gesagt: das ist hergezaubert.«

»Schau dir die Schweinerei an.« Malwine hat Stirnfalten, wenn sie sich ärgert. »Hol was zum Aufwischen«, herrscht sie Zeno an.

»Wieso ich? Ich hab ja nicht hergepatzt. Das hast du gemacht.«

»Du sollst sofort was zum Aufwischen holen.«

»Kinder dürfen nie was«, schreit Zeno, während er vom Sessel steigt, »und Erwachsene alles.« Es klingt, als hätte er diesen Satz aus einer der letzten Kinderzeitschriften.

Wer hat eigentlich veranlaßt, daß Malwine mich holen kam? Ich hatte nicht mit ihr gerechnet. Nicht einmal das Haus kannte ich, aber auf einmal war sie da. »Du mußt zu uns kommen. Wie du aussiehst. Zeno geht bereits zur Schule, du hast ihn seit Jahren nicht gesehen. Diesen Sommer bleibst du bei uns.«

Meine kleine Schwester Malwine, die im richtigen Augenblick kommt, sonst nie, aber wenn es soweit ist, kommt sie, ungerufen, zumindest von mir ungerufen. »Du mußt dir das Haus anschauen«, sagte sie. »Wenn du wüßtest, was alles in dem Haus steckt, Jahre meines Lebens ...«

Der Hund, ja, er ist mir als erster entgegengekommen. Jetzt steht er da, bis zum Bauch im Bach. Schielend schnappt er nach einer Fliege. Obwohl ich Hunde nicht mag, beginne ich seinem Charme zu erliegen. Langsam steigt er ans Ufer. Die Sonne läßt seinen Pelz aufflammen. Die Grannenhaare entsenden kleine glitzernde Funken. Freudig kommt er auf mich zu. Als wir uns gegenüberstehen, beginnt er sich zu schütteln, daß ich von oben bis unten vollgespritzt werde.

Jahre meines Lebens ... wie würden dir Worte dieser Art wohl schmecken? Ich wollte nie, daß du dir den Bart abrasierst, ich hatte einfach Angst vor dem Kinn darunter. Manchmal kann ich mir schon gar nicht mehr vorstellen, wie ich dich gemocht habe, so süchtig bin ich nach dem Abscheu vor dir, den ich auf verschiedenen Ebenen weiterspinne.

»Ich gehe sehr auf Zeno ein«, sagt Malwine, »trotzdem ist er eifersüchtig. Auf dich, sogar auf Jakob. Einerseits zieht er sich immer mehr in sich zurück, andererseits will er ständig Aufmerksamkeit.«

»Erinnerst du dich«, sage ich, »wie Mutter einmal gemeint hat, wir hätten nicht den allergeringsten Grund, aufeinander eifersüchtig zu sein? Sie habe uns nämlich beide im gleichen Ausmaß satt, ihr Vorrat an Mutterliebe sei ein für allemal verbraucht. Es sei langsam Zeit, daß uns so etwas wie Tochterliebe wüchse.«

Malwine zuckt. »Mutter kannst du nicht als Beispiel nehmen. Mutter war ein Original, das sagen alle. Du warst ja nicht da, als sie starb ...« Wie oft

Malwine mir das noch vorhalten wird. Die einzige Grabung, an der ich wirklich teilnehmen konnte. Ausgerechnet da mußte Mutter sterben. Als ich dann nach dem Begräbnis wieder an den Grabungsort zurückkam, waren nur noch ein paar Tage von der Grabungsbewilligung übrig. Am zwanzigsten September fingen die Manöver an, riesige Truppenbewegungen, dabei wollte man keine Ausländer haben, auch keine, die nur die Erde umgruben.

»Selbst im Tod noch ...« Malwine drückt die Finger gegen die Stirn. »Weißt du, was ihre letzten Worte waren?«

Malwine hat sie mir schon öfter gesagt, und sie wird sie mir auch jetzt wieder sagen. Es muß heraus aus ihr.

»Jakob konnte sie nicht verstehen, wir hatten ihr nämlich die Zähne herausgenommen. Aber dann sagte sie es noch einmal, ganz deutlich. ›Einen Fensterplatz‹ sagte sie, ›bitte einen Fensterplatz ...‹

Und die Emmi, die gute alte Emmi, konnte sich gar nicht fassen. Sie fing schon Tage vorher zu heulen an, so daß Mutter mehrmals zu ihr sagte, ›schäm dich, Emmi, du machst mir das Bettzeug ganz naß‹.«

Plötzlich lache ich. Genauso dröhnend, wie Mutter immer gelacht hat, nur daß mein Stimmvolumen kleiner ist. Dennoch fährt Malwine zusammen, als wäre ich ein Gespenst.

»Ihr seid immer nur um sie herumgestanden«, sage ich, »du und die Emmi, und habt sie bewundert. Da kann man leicht witzig sein, wenn man immer der Mittelpunkt ist.«

»Du weißt genau, wie schwer sie es hatte«, sagt Malwine.

»Sie war ein bißchen verhindert, das ist alles. Sie war eine verhinderte Operndirektorin, eine verhinderte Trapezkünstlerin, eine verhinderte Landschaftsgestalterin, eine verhinderte Großplastikerin, eine verhinderte Oberschulinspektorin und was weiß ich, woran man sie noch Zeit ihres Lebens gehindert hat, nur nicht am Schreiben. Da hat sie sich ausgelebt, in den unzähligen Leserbriefen, die sie an alle Redaktionen geschickt hat, deren Adressen sie habhaft werden konnte. Und weil so viele Verhinderte in ihr waren, mußte sie immer der Big Boß sein, der das Geld nach Hause brachte und dafür seine Ruhe haben wollte.«

»Sie hat den ganzen Tag gerackert«, sagt Malwine. »Und als sie schon Wasser in den Beinen hatte, ist sie immer noch selbst auf die Leiter gestiegen, um die Drucksorten herunterzuholen, wenn das Lehrmädchen gerade den Gehsteig vorm Geschäft kehrte.«

»Erinnere mich nicht an die Lehrmädchen. Warum wohl, glaubst du, ist keines bei ihr geblieben, wenn es ausgelernt hatte? Sie mußte immer von neuem ein Lehrmädchen einstellen, weil keines weiter geblieben ist.«

»Ach«, sagt Malwine, »die wollten einfach mehr Geld und sich nicht mit der Kundschaft unterhalten, sondern vor sich hindösen.«

»Nenn mir eins von all den Mädchen, die je bei

Mutter gearbeitet haben, das auch nur dazu gekommen wäre, sich mit einer Kundschaft zu unterhalten, solange Mutter noch einen Fuß im Geschäft hatte.«

»Zu ihr sind die Leute gekommen, weil sie mit einem jeden was zu reden wußte. Glaubst du, das ist nicht anstrengend?«

»Sie wäre daran erstickt, wenn sie ihre Weisheiten nicht angebracht hätte.«

Malwine schaut mich entsetzt an. »Du bist wie sie, genau wie sie, nur irgendwie schwächer.«

Wie oft ich das schon gehört habe. Ich weiß genau, daß das nicht stimmt. Alle fallen auf das Lachen herein. Natürlich gibt es Ähnlichkeiten, das gebe ich zu. Auch sie konnte sich weiden am Erschrecken anderer über Dinge, die ihr keine Furcht einjagten. Aber ich bin nicht wie sie. Manche ihre Direktheiten, mit denen sie Gott und die Welt verblüfft hat, mich eingeschlossen, kommen mir heute banal und abgedroschen vor. Ihr »Ja, ja, eine Gattin müßte man haben!« wenn jemand es wagte, sie zu bitten, was zu essen zu machen oder eine Bluse zu bügeln fürs Schulfest. Oder ihr: »Ein Mann kommt mir nicht ins Haus, diesen Schereien bin ich nicht gewachsen. Ich lasse mich nicht herumkommandieren.« Sie aber hatte Emmi, Emmi, das Lamm, zum Herumkommandieren, das Lamm, das sie einmal rettete und von da an schor.

»Ja«, sage ich zu Malwine, »es gibt gewisse Ähnlichkeiten.« Und dann hole ich tief Luft. »Sogar Parallelen, wenn du darauf anspielst …«

»Nein, nein, das meine ich ganz bestimmt nicht …« Malwine schüttelt abwehrend den Kopf.

»Aber ich.«

»Das bildest du dir ein.« Malwine schreit fast.

»Aberglaube, der reinste Aberglaube …«

Ich versuche mich in Jakob hineinzudenken, um Malwine besser zu sehen. Es heißt, daß Jakob ein guter Arzt sei, der beste Augenarzt, den die Gegend je hatte. Er braucht die Niederlassung eines zweiten Augenarztes im Distrikt nicht mehr zu befürchten. Er fährt einen Volvo. »Es macht Spaß, einen ordentlichen Wagen zu fahren.« Er hat ein Haus. »Es ist schon ganz was anderes, wenn man im Winter morgens aufwacht und es überall warm hat, auch im Gang. Ich kann mich noch einmal rumdrehen, ohne daran denken zu müssen, wer jetzt einheizen soll, Malwine oder ich«, sagt Jakob. Er hat einen Sohn, Zeno, den Malwine erzieht und den sie still zu beschäftigen weiß, wenn Jakob von der Ordination oder aus dem Krankenhaus zurückkommt und sich erst einmal entspannen muß. Und er hat Malwine, eine immer frische Malwine, die sich einmal das Haar hochsteckt, es das anderemal lang trägt, die im Kaminrock oder in einem indischen Kleid auf seine Rückkehr wartet. Wenn Jakob nicht erzählen will, kann Malwine was sagen, über ihr letztes Bild, über die Farbmischung für die äußeren Jalousien und daß sie in der alten Kapelle dort oben am Hügel ein Fresko entdeckt hat. Sie sei ganz sicher, daß sich da unter den vielen Schichten von Anstrich ein Fresko finde. Sie sei hinaufgefahren, weil sie immer wieder auf Abfallplätzen hinter Kirchen, Friedhöfen und Kapellen fündig geworden sei. Manchmal würden die Bauern Kruzifixe einer alten Epoche einfach auf den Mist werfen, wenn sie ihnen nichts mehr sagten. So abhängig sei auch – und gerade – die Landbevölkerung vom Geschmack der Zeit.

Malwine hat nicht aufgehört, Jakob zu berühren, wenn sie mit ihm spricht. Ich weiß nicht, wie sehr diese kleinen zärtlichen Gesten bereits einem Ritual angehören. Ich sehe nur, daß Jakob noch immer darauf reagiert, ihr Haar streichelt oder ihre Finger küßt.

Habe ich Malwine immer falsch gesehen? Oder hat *sie* bestimmte Dinge nie sehen wollen, sie nie zur Kenntnis genommen? Und ist gut damit gefahren? So wie mit Mutter?

»Mutter ist Mutter«, hat Malwine immer gesagt. »Du nimmst ihr Dinge übel, die man ihr nicht übelnehmen kann.« Und wenn Mutter einen ihrer Tobsuchtsanfälle gehabt hatte, war Malwine die erste, die einzulenken versuchte: »Soll ich deinen Rock aufdünsten, bevor du zum Bridge gehst, ich bin gerade beim Bügeln.« Ich hätte sie morden können deswegen. Aber dann pflegte sie auch noch mich zu fragen, ob ich was gebügelt haben wollte, wo sie nun schon einmal dabei sei.

Meine kleine, glückliche Schwester Malwine, der alles gerät, was sie in die Hand nimmt. Die es sich nicht anmerken läßt, wenn es mir endlich gelungen ist, sie doch zu treffen, und sei es nur mit der Feststellung, sie habe eben ein glückliches Temperament.

Neulich habe ich auf einem Joghurtbecher die besonders günstigen Charaktereigenschaften deines Sternzeichens gefunden; eifrig, strebsam, voller Begeisterung für das Neue. Ich kann mir vorstellen, daß du dich für die neue Aufgabe wieder einmal in Stücke reißt.

Immer dieses Formenwollen. Daß ich ganz bestimmte Hosen und Röcke tragen und meine Studenten nicht duzen sollte. An meiner Unbezähmbarkeit, wie du es nanntest, gefiel dir nur, daß du hofftest, mir all das abzugewöhnen. Aber letztlich wärst auch du ein Fall für Malwine gewesen.

»Da hat mich die Geduld gepackt«, sagt Zeno, »und ich wollte ihr den Knäuel wegnehmen. Mensch, hab ich zu ihr gesagt, wenn du mir den Knäuel nicht gibst, find ich ja nie wieder raus aus dem Labyrinth. Der Knäuel ist doch der Witz von dem Ganzen.

Das ist gemein, hat sie gesagt. Ich hab noch gar nicht damit spielen können, und schon nimmst du mir alles weg.

Dann hab ich zu ihr gesagt: Denk an den bösen Stier, der da auf mich zugeteufelt kommt und der mich umbringt, wenn ich nicht mehr raus weiß. Dann bist du schuld.

Und weißt du, was sie darauf gesagt hat? Jö, ich möcht der Stier sein, gut? Und mit so einer blöden Kuh soll ich spielen?«

Das kleine Mädchen steht an der Auffahrt und ruft nach Zeno. Es trägt einen japanischen Sonnenschirm und dreht sich damit auf einem Bein, wie eine Seiltänzerin, die das Gleichgewicht halten muß.

»Ich versteck mich«, sagt Zeno und kriecht hinter meinen Stuhl, so daß er durch die Balkonbretter hindurch nicht mehr zu sehen ist.

»Du kannst sie doch nicht ewig schreien lassen.« Ich lege das Heftchen zur Seite, aus dem ich Zeno vorgelesen habe. Das heißt, er wollte, daß ich diese eine Geschichte auch lese, weil sie so super ist.

»Die geht mir richtig auf den Hof«, sagt Zeno. »Dabei soll doch der Mann sagen, ob ihm eine gefällt, stimmts?«

»Und wo steht das?«

»Nicht einmal Bat-Girl würde sich so an einen ranmachen. Das ist langweilig. Immer will sie Vater-Mutter spielen, und dann schafft sie an. Ich soll Holz holen und Gras schneiden und die Kinder hauen, und dauernd kommandiert sie, daß ich ihr Geschenke bringen soll.«

»Zeno«, ruft das kleine Mädchen. Es ist auf den Holzstoß neben der Auffahrt geklettert und balanciert immer kühner, den kleinen Schirm weit von sich gestreckt.

Malwine kommt mit ihrem Kombi den Hügel heraufgefahren. Sie hat Sperriges geladen, möglicherweise den Kirchenstuhl, von dem sie schon erzählt hat. »Zwei Ortschaften weiter wird die Kirche renoviert, und die alte Einrichtung steht einfach im Freien herum«, hat sie gesagt.

»Beim Teutates«, seufzt Zeno und duckt sich noch tiefer.

Das kleine Mädchen poltert eilig den Holzstoß herunter, und gleich darauf hören wir es mit Malwine reden.

Liebevoll erkundigt sich Malwine nach allem möglichen, und wir hören beide mehrmals Zenos Namen nennen.

Eigentlich sollte ich hinuntergehen und Malwine beim Ausladen ihres Kirchenstuhls, oder was immer es ist, helfen, aber ich bin in derselben Stimmung gefangen wie Zeno.

»Er muß da sein«, hören wir Malwine zu dem kleinen Mädchen sagen. »Komm, wir wollen ihn rufen.«

Wir hören ihre Schritte auf dem Kies. »Zeno, Zeno, Zeno ... Du hast Besuch bekommen, Zeno ...«

»Ich rühr mich einfach nicht«, sagt Zeno leise. Und unwillkürlich habe auch ich den Kopf eingezogen.

»Komm nur mit ins Haus«, sagt Malwine, »wir finden ihn schon.«

Das kleine Mädchen kommt zwar nicht ins Haus, geht aber auch nicht weg. Ich kann es durch eins der Balkonbretter hindurch sehen, wie es sich wieder mit seinem Schirm zu drehen beginnt. Wahrscheinlich gar nicht so sehr darauf aus, mit Zeno zu spielen, als sich ihm mit ihrem neuen, kleinen Schirm zu zeigen.

»Da seid ihr ja«, hören wir plötzlich Malwine, die im Balkonzimmer steht. »Warum rührt ihr euch denn nicht?«

Zeno und ich schauen uns an. Dann wagt Zeno

den Sprung nach vorn. »Weil ich mit der blöden Kuh gar nicht spielen will.«

»Zeno.« Malwine klingt entrüstet. »Wenn dich jemand besuchen kommt, kannst du dich nicht verstecken. Einem Gast gegenüber muß man sich doch höflich benehmen. Stell dir vor, du würdest einen Freund besuchen wollen, und der führt sich auf wie du.«

»Wenn ich aber nicht mit ihr spielen will ...«

»Komm jetzt.« Malwine nimmt Zeno an der Hand und zieht ihn mit sich. »Du mußt ja nicht mit ihr spielen. Ich mach euch beiden einen Saft und stell euch ein paar Kekse in die Veranda. Da kannst du ihr dann erklären, daß du jetzt keine Zeit hast. Aber ich will nicht, daß du dich einfach versteckst, hörst du?«

»Scheißdreck«, brüllt Zeno. Aber entgegen all meinen Erwartungen geht er doch mit Malwine. Kurz darauf höre ich ihn das kleine Mädchen in die Veranda hereinrufen. »Komm, du kannst einen Saft haben.«

»Ich will aber keinen«, sagt das kleine Mädchen und dreht sich nun immer gekonnter mit dem japanischen Schirm.

»Kekse sind auch da.« Zeno lehnt sich aus dem offenen Verandafenster.

»Ich mag keine Kekse.«

»Was magst du dann?«

Das kleine Mädchen sagt nichts und dreht sich nur.

»Was du magst, hab ich dich gefragt.«

»Du sollst mir den Saft und die Kekse herausbringen«, sagt es dann strahlend vor Begeisterung, daß ihm etwas so Schwerwiegendes eingefallen ist.

»Was soll ich?«

»Mir alles rausbringen.«

»Da hast du«, schreit Zeno. Und ich sehe, wie er den Saft in ihrer Richtung durchs Fenster schüttet, daß es nur so klatscht.

In diesem Augenblick muß Malwine auf die Veranda gekommen sein. Ich höre, wie sie wütend auf Zeno einredet. Das kleine Mädchen aber geht seelenruhig und tänzelnd mit seinem Sonnenschirm den Kiesweg hinunter.

Es ist dir gelungen, mich glauben zu machen, eine kurze Zeitlang glauben zu machen, es wäre etwas zwischen uns, etwas Unausweichliches. Etwas, das in dieser Form nur zwischen dir und mir stattfinden könnte, etwas, das der Mühe wert wäre. Aber es genügte, daß ich auch nur einen Schritt zur Seite trat, als du losstürmtest. Und schon war da nichts mehr einzuholen, keine Gemeinsamkeit, keine Abhängigkeit, ja nicht einmal Leidenschaft. Und wahrscheinlich trauere ich dem Verlust der Lust nach, die ich auf das alles hatte.

»Wenn ich jemandem etwas verdanke«, sage ich zu Malwine, »dann ist es Maurice. Als ich damals kurz vor der Promotion als Assistentin zu ihm kam, sagte er, ich nehme dich, weil du nicht nur Hirn, sondern auch einen Sinn für die Dinge hast. Er duzte uns alle seit dem ersten Institutsfest. Mich nannte er Max.

Als er dann emeritiert war, nahm er mich mit nach Anatolien. Zwei Monate lang fuhren wir von Grabungsstätte zu Grabungsstätte, von Ruinenhügel zu Ruinenhügel und an all die Stellen, von denen er annahm, daß an ihnen gegraben werden sollte.«

»Ja«, sagt Malwine und malt weiter, »ich entsinne mich. Mutter wollte dich vorerst gar nicht fahren lassen, wegen der politischen Unruhen, von denen sie im Radio gehört hatte.«

»Ja, ja«, sage ich, »und dann hat sie mich natürlich doch fahren lassen, weil es ja eine einmalige Chance war, wie sie sagte.

Die Hitze machte Maurice zu schaffen, aber nur in den Straßen der Städte und Ortschaften. Sobald wir an einem Fundplatz waren, mußte ich darauf achten, daß er vor Begeisterung nicht andauernd seinen Sonnenhut absetzte.

Er nahm meine Hand und legte sie an Steine, an Sand, an Ton. Das ist das, sagte er, das greift sich so an. Dies hier ist viel rauher. Da liegen etwa tausend Jahre dazwischen.

Er konnte Anfälle bekommen, wenn er sah, wie unsachgemäß da manchmal gegraben wurde. Weg den halben Hügel mit dem Traktor, damit die tieferen Schichten gleich offen daliegen. Her mit dem Hethiter-, dem Phrygergold, den urartäischen Klingen. Wie soll denn das je die Zusammenhänge bringen? Ach Max, sagte er manchmal, wenn wir abends nach dem Essen in irgendeinem der behelfsmäßigen kleinen Hotels eine Flasche Wein miteinander tranken, wenn ich zwanzig Jahre jünger wäre und du nichts dagegen hättest, dann könnte es gefährlich werden für uns beide.

Und ich tat ihm den Gefallen und sagte, aber Maurice (zu dieser Zeit duzte ich ihn auch schon), du bist doch verheiratet.

Ja, ja, kicherte er, und du solltest hören, wie Olga mich verhört, wenn wir zurückkommen.

Vor der Abreise hatte Olga mich noch angerufen, sind Sie es, Max? Also, er mag Sie sehr. Aber bitte geben Sie acht auf ihn, in seinem Alter rächt sich schon alles.

Maurice gab acht auf *mich*. Wenn wir im Gelände waren, sagte er von Zeit zu Zeit, ich kenne die Gegend hier, wenn du auf die Toilette mußt, dann geh hier, es kommt nichts Geeigneteres. Ich bleibe dort vorne stehen und warte auf dich.

Und als er merkte, daß ich gar nicht so gut reiten konnte, wie er angenommen hatte, gab er einige Stunden zu. Du kannst sonst zwei Tage nicht gehen, sagte er.

Es entzückte ihn, daß über uns geredet wurde, so wie er sich über einen besonderen Wein oder ein türkisches Festmahl freuen konnte. Es entstand eine Beziehung zwischen uns, der ich mit allem in mir entgegenkam: Wir mußten uns nicht in Szene setzen, wir hatten Achtung voreinander. Er war emeritiert und ich nicht sein Nachfolger. Er war nicht mein Vater, ich nicht seine Tochter. Er war nicht mein Mann, ich nicht seine Frau. Aber es gab eine Art Liebe zwischen uns. Wir konnten uns aneinander nicht satthören. Jeden Abend ließ Maurice mich erzählen, was wir tagsüber gesehen hatten. So mache ich neue Erfahrungen, sagte er lachend, immer noch neue. Und dann erzählte er, was *er* gesehen hatte. Wir tauschten Unvoreingenommenheit im Blick gegen Erfahrung im Sehen.

Lieber Max, sagte Maurice, laß dich nicht beschwatzen, auch Feldforschung ist nicht alles. Da kann es dir passieren, daß du diejenige bist, die die ganze Drecksarbeit macht, und es profitieren die anderen. Halt dich raus, so gut es geht. Du brauchst keinen Lehrstuhl. Publizieren sollst du, hörst du. Ein, zwei wichtige Publikationen, an denen sie nicht vorbeikönnen. Und dann tu, was dir Spaß macht. Bleib in der Forschung. Leiste dir den Luxus, dich freizuhalten für ein paar bedeutsame Dinge. Laß dich nicht verschleißen, nicht im Lehrbetrieb und nicht auf dem Feld.

Damals war ich noch ganz versessen auf die Feldforschung. Das ist normal, sagte Maurice. Dann holst du dir eine Ruhr, und wenn du Pech hast, auch noch Malaria. Wenn du dann wochenlang im Sand gegraben hast und endlich soweit bist, daß auch was zum Vorschein kommen könnte, erklären sie dir, daß das Gebiet militärisches Sperrgebiet sei und daß du so rasch wie möglich zu verschwinden habest. Vielleicht im nächsten Jahr wieder … für ein paar Wochen … Da ist dann kein Geld mehr im Budget. Das sollst du denen überlassen, die ohne diese Abenteuer gar nicht können. Du aber sollst dir den Kopf zerbrechen. Für vieles stehen die Beweisstücke aus; man findet leichter, wenn man weiß, was man sucht. Es liegt noch viel mehr unter der Erde, als wir alle mitsammen schon heraufgeholt haben. Deshalb beneide ich dich um deine Jugend. In zwanzig, in dreißig Jahren wird man soviel mehr wissen …

Maurice starb drei Wochen nach unserer Rückkehr aus Anatolien bei einem Verkehrsunfall, den ein dreiundzwanzigjähriger Bankangestellter, betrunken, es war an einem Wochenende, verursacht hatte. Olga war ebenfalls verletzt und konnte am Begräbnis gar nicht teilnehmen. Als sie wieder zu Hause war, lud sie mich zu sich ein. Sie hatte rotgeweinte Augen und einen Gehgips am rechten Bein.

Ach Max, sagte sie, was soll ich nur machen? Ich kann es einfach nicht glauben.

Sie bat mich, ihr beim Ordnen seines Nachlasses zu helfen. In einer Skizze für eine Arbeit, die er sich noch vorgenommen hatte, fand ich mehrmals das Wort *Max* an den Rand geschrieben. Offenbar sollte ich da einmal weitermachen.

Kann ich das haben? fragte ich Olga und zeigte ihr die Skizze.

Nehmen Sie es nur, sagte sie, nehmen Sie alles, was Sie interessiert. Den Rest kann dann sein Nachfolger haben.

Kommen Sie mich hin und wieder besuchen, bat Olga, als ich mich verabschiedete. In Ihnen, Max, ist Maurice noch da. Wir küßten uns, und im Lift mußte ich dann einfach losheulen.«

»Wie mir scheint«, sagt Malwine, während sie an einer bestimmten Stelle ihres Bildes herumtupft, »hast du dich an seine Ratschläge gehalten.«

»Soweit man sich an die Ratschläge eines Lehrers halten darf«, wende ich sofort ein.

»Du hast doch eine Arbeit über urartäische Grabbeigaben geschrieben. Ich verstehe zwar nichts davon, aber war da nicht einmal etwas sogar in einer Illustrierten …«

»Das war meine Grabbeigabe für Maurice. Du wirst das lächerlich finden, aber leider konnte ich sie ihm nicht in die Urne schieben. Daß dann wirklich so etwas wie eine *populäre* Arbeit daraus wurde, hat ganz andere Gründe. Irgendein alter Kauz, sehr reich, der eine Sammlung von Grabbeigaben aus aller Welt besaß, wurde mit einer urartäischen Obsidianklinge ermordet. Das mußt du dir einmal vorstellen … und nicht einmal erdolcht, sondern der Mörder, beziehungsweise die Mörderin – schau mich nicht so an, Malwine, ich war es sicher nicht – hat ihm die Klinge, die ich eher für eine Pfeilspitze halten würde, in den Schlund gepreßt, so daß er sozusagen an seiner eigenen Sammlung erstickt ist.«

Malwine steht mit ausgebreiteten Armen da. »Ja, ich erinnere mich. Ich wußte nur nicht mehr genau, ob der Mord wirklich geschehen war, ich dachte, es hätte sich um ein Filmdrehbuch gehandelt.«

»Nein«, sage ich, »der Film ist erst danach entstanden. Aber nachdem ein Journalist, der besonders gründlich recherchieren wollte, auf Maurice, und da der schon tot war, auf mich gestoßen ist, kam etwas davon in diese Illustrierte, was wiederum die Filmleute auf die Idee brachte, sich von mir beraten zu lassen. Aber was die wollten, hatte ich ihnen in zwei Minuten sagen können.«

»Mutter wollte diesen Professor, wie hieß er?, immer gern kennenlernen.«

»Maurice? Jawlonsky.«

»Ein Mann, der meine Tochter Max nennt, sagte sie zur Emmi, den muß ich mir anschauen.«

»Er nannte mich Max, aber ich war nie so sehr Fanny.«

»Verklärst du ihn nicht zu sehr, ich meine, jetzt, seit er tot ist?«

»Ich? Maurice? Er war der einzige Mensch, mit dem ich wirklich ein Gespräch führen konnte.«

»Sei nicht so hochmütig.«

»Er war der einzige, mit dem ich mir alles im Leben hätte vorstellen können, nämlich das Leben. Aber mir widerfährt immer das Groteskeste. Nicht genug damit, daß Maurice an die fünfzig Jahre älter war, er war auch noch seit etwa fünfundvierzig Jahren *glücklich* verheiratet.«

»Ach Fanny.« Malwine rührt aufgeregt mit ihrem Pinsel im Terpentinglas. »Du siehst alles zu extrem, besonders das, was du aus irgendeinem Grund nicht haben kannst. Und so sitzt du immer wieder einer anderen Deutung deines Lebens auf.

Ich kann mich gut genug daran erinnern, daß du damals, als Maurice noch lebte, eine ganze Reihe von Freunden hattest.«

»Das mußte ich. Du hattest immer deinen Jakob. Ihr hattet Zeit füreinander, ich hatte keine Zeit. Ihr hattet den Nerv, abends zu Hause zu bleiben und Radio zu hören, um Geld für das nächste Konzert mit Wolfgang Schneiderhan zu sparen.

Ich saß in der Bibliothek. Das, was ich wollte, dafür lohnte es sich gar nicht erst zu sparen.

Es gibt eine Zeit während des Studiums, in der

du glaubst, daß all diese alten Inschriften, die Rollbilder, die Hieroglyphen und die Siegel, daß all diese Scherben, auf die du angewiesen bist, dich erdrücken. Du kommst dir wie gepreßt vor zwischen all dem Staub und der entschwundenen Farbe. All die Sprachen, von denen du keine wirklich kennst, die Namen in ihren vier, fünf, sechs verschiedenen Formen, all die möglichen Irrtümer in der Bestimmung, der Zuordnung, sie drohen dich dumm und stumm zu machen. Und dann steht womöglich jemand hinter dir und sagt, tja, meine Liebe, wenn Sie auch noch andere Interessen als die Archäologie haben, dann machen Sies doch lieber im Nebenfach.

Da mußt du dann hin und wieder mit jemandem schlafen, einfach um zu spüren, daß deine Glieder noch alle intakt sind, daß du dich unter Umständen noch für etwas anderes interessieren könntest. Es geht da um die Möglichkeiten, um all die scheinbaren Möglichkeiten. Nach so einer Nacht bist du dann ein bißchen glücklich und ein bißchen müde und ein bißchen angewidert. Dann gehst du wieder ins Institut und setzt dich an irgendeinen Keilschrift-Text und schläfst darüber ein. Und dazwischen hast du immer wieder das Gefühl, daß es doch nicht der Mühe wert ist, obwohl du es immer wieder tun mußt, und daß Maurice recht hat, wenn er sagt: Max, du solltest jemanden haben, der sich wirklich um dich kümmert, so wie Olga sich Zeit unseres Lebens um mich gekümmert hat.«

Wie gut du es verstanden hast, dir ein Geschenk vorzuhalten, sobald du in Abwehrstellung gingst. Und die Lust, es immer wieder und wieder zu erzwingen, riß mich zu einer Haltung hin, die mich erdwärts beugte. Weil ich mich mit Stückwerk zufriedengab, waren dann auch noch die Brösel zuviel. Und ich war wieder von Anfang an am Verlieren. Grotesk, so als sollten wir uns nur mehr mit den Fingerspitzen berühren, aus Zeitmangel und um bei der Arbeit der Liebe nicht auch noch unseren Kleidern zu schaden.

»Es gibt Kinder«, sage ich zu Zeno, »die sich zerlacht haben.«

Zeno kichert und gluckert wie ein Truthahn.

»Sie haben gelacht und gelacht, bis sie ganz in Lachen übergegangen sind.«

Es hört sich so an, als würde Zeno endlich aufhören.

»Dann hat sich das Lachen zerlacht, und von den Kindern ist nichts übriggeblieben.«

Zeno fängt wieder zu lachen an. Er muß sich anstrengen dabei, sich selbst daran entzünden. Sein Kopf ist rot, seine Augen stehen unter Wasser, er wippt mit dem Oberkörper hin und her. Ich weiß gar nicht mehr, womit es angefangen hat. Ich habe ihm die Geschichte von Odysseus und Polyphem erzählt. Der Niemand war es wohl, der ihn zum Lachen brachte.

»Wart nur«, sag ich, »daß deinem Niemand nicht der Jedermann kommt«, und Zeno prustet, obwohl er eigentlich nicht mehr kann, aufs neue los.

Ich trete mit dem nackten Fuß nach ihm.

»Kichererbse.«

»Saubohne.«

»Warum geht ihr nicht ins Schwimmbad?« ruft Malwine aus dem Garten herauf. Ich liege im Badeanzug auf dem Balkon. Warum geh ich wirklich nicht ins Schwimmbad?

»Wer weiß, wie lange es noch so schön ist«, ruft Malwine.

»Wenn du uns hinfährst …«, sagt Zeno ganz laut.

»Auto kaputt.« Malwine schnipselt an den Rosen.

»Hast du Lust, jetzt durch den Wald zu latschen?« Zeno hält sich den Gummi seiner Badehose vom Leib und betrachtet sein kleines Glied.

Es muß etwas geschehen. Ich bin erschlafft, setze Fett an. Noch merkt man es nicht, aber bald. Ich bin nicht mehr krank. Ich habe es zugelassen, daß man mir die Krankheit wegkuriert hat.

Zeno hält sich das eine Auge zu.

»Polyphem«, sage ich, »niemand will ins Schwimmbad.«

»Ewig schade, wenn ihr das schöne Wetter nicht ausnützt.« Malwine hat Rosen abgeschnitten, eine ganze Schürze voll. »Und du?«

»Hab zu tun, du weißt ja …« Sie lacht, wie um sich zu entschuldigen. Will sie uns am Ende weghaben? Erwartet sie jemanden, den Zeno, den vor allem ich nicht sehen soll?

»Also gut«, sage ich zu Zeno, »*jedermann* will ins Schwimmbad.«

»Und die Wolken?« frage ich Malwine unten, schon am Weg.

»Ach die …« Sie steckt den Finger in den Mund.

»Westwind, nicht weiter gefährlich.«

»Durch den Wald sind wir schneller, glaub mir.« Zeno trägt seinen *weißen Hai,* aufgeblasen. »Es gibt einen Abschneider.«

Die Schwüle und die aufquellenden Wolken. Ich glaube, wir kommen gar nicht bis zum Schwimmbad. Aber bitte. Wenn Malwine uns aus dem Haus haben will. Es ist so still im Wald, voller sonnenschwerer Gerüche, und drückend.

Zeno nimmt meine Hand.

»In diesem Wald hat sich einmal jemand aufgehängt«, sagt Zeno.

Ich habe die Vision von einem urinierenden Mann hinter einem Baumstamm. Als wir näherkommen, gerinnt die Vision zu einem alten Wetterfleck, den wahrscheinlich ein Forstarbeiter an einen Baum gehängt hat.

»Ob wir ihn mitnehmen sollen?« Zeno zieht an dem Umhang, und der geht auseinander wie ein Fächer.

»Laß nur, sonst kommt uns der, dem er gehört, noch nach.«

Zeno zieht meine Hand an sich. »Wo?« fragt er, »siehst du ihn?«

Da ist *niemand.*

Zeno lacht, der Weg aber zieht sich.

»Du wirst sehen«, Zeno hat meine Hand losgelassen, um ein paar Himbeeren abzureißen, »du wirst sehen, es kommt ein Gewitter.«

»Ach was, die paar Wolken …« Ich bin entschlossen, Malwines Pläne nicht zu durchkreuzen. Wenn es aber jemand ist, den ich kenne, den ich nur zu gut kenne? Der mich nicht sehen will? Von dem Malwine nicht will, daß ich ihn sehe?

Für einen Augenblick ist mein Atem wie gelähmt. »Das Gewitter«, sage ich, unschlüssig, ob ich nicht doch sofort umkehren und zurücklaufen soll. Wenn der Besuch aber mich nicht betrifft? Wenn er Malwine besucht, der Besuch? Malwine? Das glaube ich nicht. Und wenn es gar keinen Besuch gibt? Wozu dann das Ganze? Die reine Fürsorge? Das doch bestimmt nicht …

»Was hast du?« Zeno steht vor mir und starrt mich an. »Vielleicht kommt doch kein Gewitter.« Er ist merkwürdig eingeschüchtert.

»Bekommt deine Mutter manchmal Besuch?« fragte ich unvermittelt. »Und schickt dich dann weg?« Es ist Wahnsinn, dem Kind solche Fragen zu stellen.

»Meistens gehe ich freiwillig …«

»Freiwillig?«

»Wenn sie dann endlos über die Bilder reden oder über das Haus.«

»Kunden, sagst du, Käufer?«

»Ich hab gar nichts gesagt.« Zeno weicht ein paar Schritte zurück. »Meine Mutter schickt mich nie weg.«

Zu dumm, beinah hätte ich die Beherrschung verloren.

»Hat deine Mutter irgend etwas gesagt, daß sie heute Besuch erwartet? Besonderen Besuch, einen Besuch, den du nicht kennst?«

»Laß mich in Ruh«, schreit Zeno. »Gar nichts hat sie gesagt.«

Ich darf das Kind nicht schütteln, sonst bringe ich gar nichts aus ihm heraus.

»Du hast sie auch nicht telefonieren hören?«

»Was hast du?« Zeno versucht, sich dem Griff meiner Hände um seine Arme zu entziehen.

Ich beginne zu schwitzen. »Wenn das wahr ist«, sage ich, »wenn das wahr ist, was mir soeben durch den Kopf schießt ... Hör zu, streng dein Hirn an, versuch dich zu erinnern. Hat deine Mutter irgend etwas zu deinem Vater gesagt, woraus man ...«

»Laß mich los«, schreit Zeno, »nichts hat sie gesagt, gar nichts.«

In diesem Augenblick raschelt etwas durch die Büsche, und während ich Zeno noch immer festhalte, umfangen mich von hinten zwei rotseiden behangene Arme, deren Krallen über meinem Schambein zusammenschlagen.

»Sascha!« Zeno und ich haben gleichzeitig geschrien.

»So was.« Ich fange zaghaft zu lachen an, während ich dem Hund einen Stoß gebe, der ihn von mir lösen soll.

»Sascha«, schreit Zeno erleichtert und läßt sich von ihm begrüßen und belecken, er umarmt ihn sogar.

»Mit dem Hund können wir ohnehin nicht ins Schwimmbad«, sage ich, »also bleibt uns nichts anderes übrig, als umzukehren.«

Dieser Hund ist mir als erster entgegengekommen. Warum kommt er mir jetzt nach? Selbst die Wolken ziehen sich immer mehr zusammen.

»Das Gewitter«, sage ich zu Zeno, »es wird doch kommen. Lauf ein bißchen schneller.«

Der Umhang ist inzwischen verschwunden. Mir wäre es in der Eile gar nicht aufgefallen, aber Zeno sagt, »der Mantel ist weg.«

Als wir aus dem Wald kommen, glaube ich das Geräusch eines fahrenden Wagens zu hören. Vor dem Haus ist nichts.

»*Niemand*«, sage ich, »das gibt es doch gar nicht.«

Malwine steht im Flur. »Kommt doch ein Gewitter?« Sie zupft an den Rosen in der Schale.

»War jemand hier?«

»Wieso?«

»Ich frage nur.« Mein Atem geht schnell, und ich schwitze noch immer.

»Niemand war da. So beruhig dich doch.«

Manchmal frage ich mich, was auf der Bühne in meinem Kopf vorgehen wird, wenn ich dich einmal endgültig entlassen habe. Wenn auch der Haß dich mir nicht mehr zum Leben erwecken kann. Zeitweise muß ich mich schon in den Finger stechen, um an dieser Art Schmerz noch einmal teilzuhaben. Will ich so genesen? Indem du unschärfer und unschärfer wirst, bis ich an unsere Zeit schon mit einem gewissen Wohlwollen denke? Es gab ja auch schöne Stunden, und mehr in der Weise?

Noch aber ist für jede Art Auf- und Abtritte gesorgt, wenn es in der Regel auch Reprisen sind, mit nur geringfügigen Abweichungen.

Ein Mann wie Jakob. Ob mir das geholfen hätte? Oder bin ich dafür zu wenig Hintergrund? Ich hätte ihm gewiß kein Haus eingerichtet, vielleicht ein Museum, wenn er das nötige Geld dafür aufgetrieben hätte. Ich stelle mir vor, daß Jakob mit mir ein anderer geworden wäre. Dennoch, warum hat es nicht wenigstens einmal ein Mann wie Jakob sein können.

»Jakob braucht jemanden, der immer um ihn ist«, sagt Malwine. »Er würde nie allein auf Urlaub fahren.« Aber im Grunde sagt sie gar nichts, Malwine, wie immer.

Als wir noch beide zu Hause wohnten, geschah es manchmal, daß ich mitten in der Nacht zu ihr ins Zimmer stürmte. Immer im Zweifel, ob ich dieses oder jenes Verhältnis noch ausdehnen oder ob ich gleich Schluß machen sollte. »Laß es«, sagte Malwine dann, oder, »es kann nicht immer nach deinem Kopf gehen«, oder, »hab doch ein wenig Geduld.«

»Was soll das im Fall von Liebe? Entweder es geht, dann kann man ohnehin nicht ohne einander, dann brauchte ich dich ja gar nicht zu fragen. Oder es geht nicht, wozu dann die Geduld?« Malwine ließ sich nicht beirren. Sie erwog und ließ mich bedenken, sie stellte mir vor Augen und machte kein Hehl daraus.

Und schlimmer noch, wenn der Betreffende mir zuvorgekommen war und ich tagelang vor mich hin tobte, weil das natürlich einen Mangel an Konzentration zur Folge hatte und ich nicht zugeben konnte, wie verletzt ich war. Da beredete

Malwine mich, und meine kleine Schwester fand immer Worte, die mir einleuchten konnten. Nicht gerade tröstende, die hätte ich auch zurückgewiesen, vernünftige, objektive Sätze, denen ich mit der Zeit recht geben mußte. Und natürlich tat es mir in solch einer Situation dann wohl, von ihr zu hören, »schau, der war dir eben nicht gewachsen. Darum ist er davongelaufen«.

Nur zu sich sagte sie nie etwas. Und wenn ich bei einem meiner Anfälle von temporärer Verzweiflung fragte, »wie ist das bei dir? Was würdest du in diesem Fall tun?« pflegte sie zu sagen, »ich weiß nicht. Mit Jakob habe ich dieses Problem nicht.« Und als ich nicht locker ließ und fragte, »welches hast du dann mit ihm?«, entzog sie sich, »weißt du, Problem kann man es eigentlich nicht nennen, die Frage ist nur, wie sehr man sich einläßt aufeinander, eine Frage der Sicherheit.« Selbst Mutter hatte Malwine immer mehr ins Vertrauen gezogen. »Wie eine Pythia sitzt sie in ihrem Zimmer«, sagte die Emmi zu mir. »Was sie sagt, sind doch bloß Orakelsprüche, und ich habe dann mit deiner Mutter meine liebe Not, weil sie plötzlich vorgibt, tun zu wollen, was eine ihrer Töchter ihr rät.«

»Sag, weißt du eigentlich, wie es der Emmi geht?«

»Ganz gut«, sagt Malwine, »nicht gerade hervorragend, aber gemessen an den Umständen ganz gut.«

»Sag bloß, du bist bei ihr gewesen?« Unwillkürlich ziehe ich den Kopf ein.

»Es ist schon einige Wochen her, aber wir sehen sie alle paar Monate, Beim letztenmal ist sie wirklich recht gut beisammen gewesen.«

Die Emmi. Zwanzig Jahre war sie im Haus gewesen. Mutters Komplementärfarbe, ihre liebe, sanfte, häusliche, hingebungsvolle, sich aufopfernde, sie beratende Emmi, bisweilen auch ihr Fußabstreifer. Bisweilen aber auch diejenige, bei der die Fäden zusammenliefen. Die uns mit einer kleinen Laune erpressen konnte. Mich hat sie immer in Schutz genommen. In bezug auf mich war Mutter anfechtbar, da war ihr Ungerechtigkeit nachzuweisen, und die Emmi nutzte das weidlich.

Manchmal hatte ich fast schon Mitleid mit Mutter, wenn mir auffiel, wie leicht sie durch mein Verhalten zu provozieren war. Und doch war ich diejenige, die ihre Auftritte am meisten zu schätzen wußte. Ich war es, die ihren Wortwitz weiterkolportierte, soweit er mir etwas gab natürlich, aber ich war anfällig für ihre Scherze. Ich stilisierte sie zur Figur, indem ich meine eigenen Bemerkungen in die Form kleidete: »Meine Mutter würde sagen ...« Und so war meine Mutter den Menschen, mit denen ich zu tun hatte, bekannt. Und wenn wir einmal alle gemeinsam ins Kino gingen, lachten Mutter und ich immer an den gleichen Stellen. Dazu unterhielten wir uns auch noch laut, so daß Malwine und die Emmi ganz verzweifelt waren.

»Es freut mich, daß du langsam anfängst, wie ein Mensch zu leben«, sagt Malwine. »Man muß auch lockerlassen können. Arbeiten wirst du auch noch den ganzen Rest deines Lebens. Du wirst sehen, wieviel leichter es dich ankommt nach ein paar Monaten, in denen du nur auftankst.«

»Ich fürchte, ich werde nie mehr arbeiten können. Es zieht sich bereits eine Fettspur durch mein Hirn, auf der alle Gedanken ausrutschen.«

Malwine lacht. »Du nimmst dich viel zu wichtig. Was glaubst du, wie froh die Studenten sein werden, wenn du ihnen nicht gleich wieder ein neues Werk an den Kopf wirfst.«

»Wie du dir das vorstellst. Die fahren mit meinen abgelegten Gedanken Skateboard, und bei den Prüfungen soll ich dann auch noch Händchen halten.«

»Fanny«, sagt Malwine, »du bist nicht dafür gemacht, die Professorin zu spielen.«

»Tu ich das? Lachhaft. Maurice hat es ja gesagt. Man muß es sich leisten, in der Forschung zu bleiben. Deswegen kann ich den Betrieb nicht ganz umgehen. Es ist sehr schwierig, selber zu bestimmen, wie weit man zu gehen hat.«

»Du wirst sehen, eines Tages kommt das alles wieder ganz von alleine.«

»Und darauf soll ich warten?«

Einmal noch, sage ich mir, einmal noch müßte es möglich sein, sich gegenüberzustehen. Lächelnd und in der künstlichen Unterkühlung von Wildwesthelden, die einander lange messen, bevor sie sich gegenseitig niederstrecken. Sogar die Landschaft müßte etwas Heroisches haben, und Musik, natürlich braucht es Musik für so etwas. Ich würde dich gar nicht sonder-

lich zur Kenntnis nehmen, mit dem Blick am Horizont, so als könntest du mir nie mehr und auf keine Weise gefährlich werden. Dann würde ich plötzlich aufsitzen, das Gewehr locker in der rechten Hand, die Zügel am Sattelknauf, und – dir meinen ungedeckten Rücken zeigend – auf den nächsten Wald zureiten, natürlich ohne mich ein einziges Mal umzudrehen. Und nach jeder dieser Vorstellungen beruhigt sich meine Phantasie ein wenig.

Ich durchschaue Malwine nicht. Daß die Malerei ihr so wichtig ist, glaube ich nicht, dazu dosiert sie zu gut. Sie muß etwas tun, das wird es sein. Und die Bilder sind ja nicht schlecht, soweit ich das beurteilen kann.

Aber was macht sie so unanfechtbar?

Sie hat ihr Leben auf der Beziehung zu Jakob aufgebaut. Wie das klingt. Und Zeno? Wer ist ihr wichtiger, Jakob oder das Kind? Welcher Verlust würde sie härter treffen?

Kann es sein, daß hinter all ihrem Einssein mit sich nur eine enorme seelische Trägheit steckt? Dann würde sie sich weniger Mühe geben. Und sie gibt sich Mühe, das merkt man. Noch ist es ihr nicht gelungen, alles selbstverständlich erscheinen zu lassen.

Oder ist sie auf etwas draufgekommen, was ich nie begreifen werde?

Aber auf irgendeine Weise muß doch auch sie irritierbar sein. Ich versuche mich zu erinnern, wie sie früher war, meine kleine Schwester Malwine. Mir fällt nichts ein. Keine dramatischen Szenen, keine Heulkrämpfe, nicht einmal langanhaltende Unfreundlichkeit.

»Ein glückliches Temperament«, das sagte die Emmi manchmal, wenn wir uns beide wunderten, wie besänftigend sie auf Mutter wirken konnte.

Oder habe ich einfach nie genau hingesehen? Ich, die ich immer mit so vielem beschäftigt war. Erst die Schule, dann das Studium. »Ich stelle die höchsten Ansprüche für mein Geld«, sagte Mutter immer. »Bedingung Nummer eins: über dem Durchschnitt sein.« Sie wollte nicht behelligt werden. »Ich gebe dir eine Chance, und du hast gut genug zu sein.« Die Emmi mußte ihr dann von meinen Erfolgen erzählen. Und wenn sie sich so richtig sattgehört hatte, sagte sie: »Das habe ich auch erwartet.«

Ich schrie, wenn ich etwas nicht haben konnte, wenn ich verletzt war. Malwine konnte es sich leisten, mir gut zuzureden. Und wenn wir uns einmal, als wir kleiner waren, um etwas gestritten hatten, konnte es geschehen, daß sie plötzlich zu zerren aufhörte und ins Narrenkästchen schaute, so als müsse sie über etwas nachdenken, das viel, viel wichtiger war.

An eine Sache erinnere ich mich. Es war vor einer ihrer ersten Tanzveranstaltungen, und sie tanzte so gern. Mutter hatte ihr zu Weihnachten ein wunderschönes Kleid gekauft – ich hatte mir den *Kleinen Pauly* gewünscht. Sie hatte sich eine neue Frisur gemacht und ließ sich gerade von mir begutachten. Sie stand an der Tür und drehte sich – ob wohl ja der Saum überall gleich lang sei. Da kam die Emmi mit einem Tablett herein, Kaffee für Mutter und mich, und Malwine drehte sich so unglückselig, daß die Emmi sie mit Kaffee anschüttete.

Die Tränen schossen ihr auf, möglicherweise hatte der Kaffee sie auch noch verbrüht, und sie sagte: »Das werd ich euch nie verzeihen!« Obwohl doch nur die Emmi und sie selber dran schuld waren. Und dann verschwand sie. Sie machte den ganzen Abend ihre Tür nicht mehr auf. Als sie abgeholt wurde, mußten wir sagen, sie sei plötzlich krank geworden.

Wenig später war sie sogar sehr froh darüber, wie sie sagte. Sie sei drauf gekommen, wie gern sie alle mochten, nachdem sie es so bedauert hatten, daß sie nicht hatte kommen können.

Ich möchte arbeiten. Wie ich mich nach der Sicherheit meines Bewußtseins sehne, nach neuen Forschungsberichten, in denen ich einiges hatte voraussehen können. Wenn ich nachts dann noch am Schreibtisch sitze, freiwillig, mit überwachen Sinnen, die mein Interesse stimuliert hat, komme ich manchmal in eine bestimmte, beinah glückhafte Seelenlage, der ich mit einem Zigarillo begegne, von der Sorte, wie Maurice sie gelegentlich geraucht hatte. Da ist mir dann, als könne nichts und niemand mir etwas anhaben. Als sei es ein Leichtes, mit dem Wissen, das ich im Augenblick zur Verfügung habe, die Zusammenhänge herzustellen. Nicht nur in der Archäologie. Und die Skrupellosigkeit, mit der ich plötzlich über Epochen und Ideen verfüge, um mein Denken nicht am eigenen Schwung zu hindern, läßt mich weit über mich hinauswachsen, und ich vermag zu lachen über das Groteske meiner persönlichen Situation.

Aber ich kann nicht arbeiten. Noch nicht. Etwas liegt quer in meinem Hirn, und ich vegetiere mit meinen Sinnen. Es geht mir gut, von Tag zu Tag besser. Ich bin nur noch schwach. Die Konzentration, das ist es, was mir fehlt. »Du kannst alles schaffen, wenn du es fertigbringst, von Zeit zu Zeit völlig abzuschalten.« Das hat Maurice gesagt.

Seit ich mich erinnern kann, habe ich noch nie so abgeschaltet wie jetzt. Mich noch nie so von meiner Arbeit entfernt. Dabei habe ich ein Projekt im Kopf, eine Spur, der ich nie gewagt hatte nachzugehen. Jetzt will ich es, aber es geht nicht.

Manchmal nachts, wenn ich noch mit dem Hund spazierengehe, um nicht rückfällig zu werden an der musikalischen Zweisamkeit von Jakob und Malwine, kommt es vor, daß wir ins Dorf hinuntergehen. Und wenn wir dann an den Wirtshäusern vorbeikommen, überfällt mich die Lust, in eines hineinzugehen, mir einen Schnaps zu bestellen und mich an den Stammtisch zu setzen. Ich würde gerne mit den Männern über den Bergbau, die Viehzucht und die Dieselknappheit reden und breitbeinig, genau wie sie, die Ellbogen auf Bierdeckel stützen und eine Partie Karten spielen, wie wir es während der Grabung oft gemacht haben.

Aber ihr Befremden würde mir die Lust nehmen, und ich würde hinaus aufs Klo gehen und nachsehen, ob meine Nase glänzt.

Der Hund, der an jeder Ecke das Bein hebt, revierfremd, wie er im Dorf ist, kommt immer wieder zurück an mein Knie, und wenn ich ihn anrede, berührt er fahrig mit der Schnauze meine Handfläche, mir versichernd, daß er da sei, wenn auch mit Wichtigerem beschäftigt.

Gewisse Gesten hätten mich stutzig machen müssen. Ich unterwarf mich zu heftig einem Gefühl, das ich mir von Anfang an gar nicht leisten wollte. Du aber hingst am Schaum mit dem Munde, und als der Schaum immer mehr wurde, stiegst du hinein und warst ganz bedeckt. Du konntest gar nicht genug bekommen. Welch ein Irrtum. Du mußtest nur rasch etwas Brustnahrung haben, zwischen den nicht stillenden Zeiten. Ein bißchen Holzfeuerung inmitten von all den Etagenheizungen. Aber bereits das Zerkleinern des Holzes war ein Aufwand, den du persönlich nicht treiben wolltest.

»Am besten ist es natürlich, wenn du ein paar Flugaufnahmen zur Verfügung hast«, sage ich zu Zeno. »Aus der Luft besehen, verraten sich die Fundstellen schneller.«

»Warum?« In Ermangelung eines Tropenhelms trägt Zeno ein weißes Tuch um den Kopf geschlungen, das ich mit einer schwarzen Kordel befestigt habe. Zenos Augen sind mokkafarben, seine Haut ist gebräunt, man kann ihn für einen kleinen Orientalen halten.

Ich räuspere mich. »Weil man, von weitem gesehen, manches besser erkennt. Solange du auf einem Feld nur herumstapfst, bist du zu nah dran und läßt dich von jedem Maulwurfshügel täuschen.«

»Wir haben aber keine Luftaufnahmen.«

»Macht nichts. Ich habe vom Dachboden aus die richtige Stelle ausgekundschaftet. Ich hab dir die kleine Erhebung doch gezeigt. Man kann nur hierzulande nie ganz sichergehen – zuviel Vegetation. In Wüsten oder in steppenartigen Gebieten zeigt sich alles viel deutlicher.«

»Und jetzt«, sagt Zeno, »hol ich Werkzeug. Wir fangen an.«

Ich greife nach seinem Arm. »Wir dürfen nichts überstürzen.« Und während Zeno sich absprungbereit gegen den Griff meiner Hand stemmt, erkläre ich ihm, daß wir zuerst ein paar Probestiche und dann einen Probegraben anlegen müssen. »Es geht nicht an, daß wir wie wild durch die Gegend furchen. Wir müssen eine Schnur spannen, in Form eines Dreiecks – es hat sich erwiesen, daß man so ein Gebiet am besten erfassen kann –, und dann graben wir an der Schnur entlang. Einen ganz schmalen Graben vorerst, nur damit wir sehen, welche Schichten vorhanden sind.«

»Ja, ja«, sagt Zeno, »aber zuerst muß ich Werkzeug holen.« Er reißt sich los und läuft in den Holzschuppen, wo das Werkzeug verwahrt wird. Ich gehe ihm nach. »Vergiß die Schnur nicht«, sage ich und prüfe die Schärfe des Spatens. Natürlich werde die Schwerarbeit ich machen. Und der Boden ist alles eher als geeignet. Aber Zeno will unbedingt wissen, wie man gräbt.

»Glaubst du, wir finden was?« Zeno steht mit Schaufel, Gartenheindel und sonstigen Geräten, die er für brauchbar hält, vor mir. Ein Stück Schnur hat er sich um den Hals gelegt. Ich will ihn nicht gleich entmutigen.

»Es muß ja kein richtiger Schatz sein«, sagt Zeno, »aber irgendeine Figur oder Waffen.«

»Das Gebiet ist seit langem besiedelt. Ursprünglich waren hier Kelten beziehungsweise Illyrer, dann Slawen, und dann erst kamen germanische Stämme.«

»Vielleicht finden wir was von diesen Illyrern.« Und Zeno kneift vor Begeisterung das Gesicht zusammen.

»Mach dir keine zu großen Hoffnungen, es wird nicht einfach sein. Es gibt so gut wie keine Hinweise, und gegraben hat auch noch niemand hier.« Ich nehme Zeno einen Teil des Werkzeugs ab, und wir gehen zu dem von mir ausgesuchten Grabungsplatz, nicht allzu weit vom Haus entfernt, eine flache Stelle auf einem ansteigenden Stück Wiese.

»Aber wenn wir Glück haben?« Zeno ist gewillt, den Traum zuende zu träumen.

»Wenn wir Glück haben, finden wir ein ganzes Gräberfeld.«

»Gräber, du meinst richtige Gräber, mit toten Menschen drin und echten Knochen?«

»Wenn wir Glück haben.« Ich schlage die drei Holzzwecke ein. »Gib mir die Schnur.«

»Laß mich das machen.« Zeno nimmt die Schnur und wickelt sie um die Holzzwecke, aber als er sie um die nächste wickelt, löst sie sich von der ersten.

»Schau«, sage ich, »am besten wir schnitzen eine Kerbe in die Holzzwecke, dann kann die Schnur nicht mehr rutschen.«

Während Zeno sein Taschenmesser sucht, probiere ich den Spaten an verschiedenen Stellen in die Erde zu stoßen, um herauszufinden, in welche Richtung wir das Dreieck legen sollen, um auch halbwegs grabbaren Boden zu haben. Schließlich möchte ich etwas demonstrieren.

Zeno will die Kerben selber schnitzen und schneidet sich dabei in den Finger, allerdings nur ein ganz klein wenig. Er braucht nicht einmal ein Pflaster, es genügt ein Papiertaschentuch.

Endlich sind die Schnüre des Dreiecks gespannt. Zum Glück ist es nicht zu heiß, ich werde also nicht sofort zu schwitzen beginnen.

»Ich will auch graben«, sagt Zeno, »gib mir den Spaten«, und er versucht, ihn mir aus der Hand zu nehmen. Da hat es auch mich schon gepackt. »Schau«, sage ich, »du mußt dir erst zeigen lassen, wie man das macht. Wir müssen eine möglichst gerade Schnittfläche haben, um die verschiedenen Schichten besser erkennen zu können.«

»Ich weiß, ich weiß, laß es mich doch probieren.« Und schon hat er den Spaten in der Hand und versucht ihn mit aller Gewalt ins Erdreich zu treiben. Wider Erwarten gelingt es ihm sogar, und sein ganzes Gesicht strahlt vor Befriedigung, als er das bißchen Erde, das er losgerissen hat, in hohem Bogen über die Schulter wirft, wobei er mich beinah mit dem Spaten trifft.

»Achtgeben«, rufe ich, aber da hat er den Spaten schon wieder in die Erde gezwängt. So geht das an die fünfmal, dann ist Zeno erschöpft. »Mach du jetzt weiter«, sagt er. Und ich lege mich ins Zeug. So als sei ich ganz sicher, hier einen Fundplatz entdeckt zu haben.

Während ich mich viertelmeterweise an der Schnur entlangkämpfe, einen ganzen schmalen Graben aushebend, fängt Zeno hinter mir zu kratzen und zu buddeln an. Ich habe die Ärmel meiner Bluse und die Beine meiner Hose aufgekrempelt, und trotz des eher trüben Wetters fange ich bald zu schwitzen an. Die Idee, hier eine Grabung zu veranstalten, ergreift immer mehr Besitz von mir, und sobald ich die Augen schließe, habe ich keltische Fibeln und slawische Spiralohrgehänge vor mir, einfach lächerlich, aber ich grabe und grabe, und Zeno treibt mich auch noch mit eifrigen Zurufen an.

»Schau«, ruft er plötzlich und kratzt mit einem Taschenmesser an einem Scherben, dessen Spitze aus dem Erdreich lugt. Mit vereinten Kräften holen wir den Scherben heraus. »Liegt viel zu hoch«, sage ich, »so hoch oben kann nichts Interessantes liegen«, und doch kann ich nicht widerstehen, schon Zenos wegen nicht. »Das ist ein grün glasierter Scherben von einem Kachelofen, wie sie hier in der Gegend üblich sind oder zumindest waren.«

»Nein«, sagt Zeno, »der ist nicht von einem Kachelofen. Der ist bestimmt von einem Teller aus ganz alter Zeit.«

»Der ist von einem grünen Kachelofen«, sage ich noch einmal.

»Woher kannst du das wissen?« Zeno will nicht von seiner Vorstellung abgehen. »Du kannst ja gar nicht alles wissen.«

»Du darfst mir ruhig glauben, Zeno, ich habe mich lang genug mit diesen Dingen beschäftigt.«

»Na und?« Zeno schaut mich rechthaberisch an, »deswegen kannst du ja auch einmal was nicht wissen.«

»Also gut, wir legen den Scherben zu den Fundstücken und lassen ihn später genau untersuchen. Du mußt nur einen Zettel dazulegen und draufschreiben, in welcher Tiefe wir ihn gefunden haben.«

Ich habe mit bloßen Händen den Spaten gehalten, und schon füllen sich die ersten Blasen an den Fingerwurzeln mit Wasser. Verdammt. Aber ich kann nicht aufhören. Zumindest die eine Seite des Dreiecks will ich fertigbringen. Nur nicht lockerlassen. Mit einem Spatenstich habe ich einen Regenwurm in zwei Hälften geteilt, und während ich zuschaue, wie nun zwei Regenwürmer sich in verschiedene Richtungen bewegen, höre ich den entsetzten Aufschrei von Malwine, die plötzlich neben uns steht.

»Was macht ihr denn hier?« fragt sie völlig entgeistert. Ich habe sie schon lange nicht mehr so fassungslos gesehen.

»Wir graben nach Waffen und alten Knochen«, sagt Zeno, »von den Kelten oder von den Illyrern, siehst du das nicht?« Und er reißt mir den Spaten, auf den ich mich gestützt habe, aus der Hand, um seiner Mutter zu zeigen, wie gut auch er schon im Graben ist.

»Hör auf«, schreit Malwine, offensichtlich froh darüber, daß sie ihre Vorwürfe nun gegen Zeno richten kann. »Hör sofort auf. Siehst du nicht, wie es hier aussieht? Die schöne Wiese. Das kann lang dauern, bis hier wieder alles so ist, wie es war.«

»Aber Mama, wir sind den Sachen schon auf der Spur. Wenn wir Glück haben, finden wir sogar einen Schatz.«

»Sei nicht albern, Zeno.« Malwine vermeidet es noch immer, mich anzuschauen. »Trag das Werkzeug zurück in den Schuppen. Zuerst schüttest du aber den Graben noch zu.«

»So schau doch, Mama, wir haben schon ein Stück gefunden. Da«, und Zeno hält ihr den grünen Kachelofenscherben hin.

»Davon«, sagt Malwine, »gibt es im Keller mehr als genug.«

»Mama, bitte, du kannst uns jetzt nicht alles verpatzen. Tante Fanny hat sogar Blasen an den Händen, weil sie so hart gearbeitet hat, und ich hab mich in den Finger geschnitten … wir finden ganz sicher was.«

Da dreht Malwine sich zu mir um und sagt: »Erklär es ihm, daß hier nichts zu finden ist. Offensichtlich war es deine Idee … und dann kommt zum Abendessen.«

Plötzlich wandelt mich die Lust an, Malwine den grünen Kachelofenscherben nachzuwerfen, wie sie so, aufrechten Schrittes und in ihrem langen Kleid, aufs Haus zugeht, ohne sich auch nur einmal umzudrehen, fest davon überzeugt, daß wir tun werden, was sie von uns verlangt hat.

»Ach«, heult Zeno, »diese Spielverderberin. Gar nichts darf man, immer nur, was sie will«, und er wirft den Spaten weg. Langsam schütte ich den Graben zu, während Zeno wider Erwarten hinter Malwine ins Haus trottet.

Meine Hände pulsieren, eine der Blasen ist bereits aufgegangen. Ich schiebe das Erdreich nur notdürftig in den Graben zurück, bringe das Werkzeug in den Schuppen und gehe dann in mein Zimmer, um mich umzuziehen.

Jakob lacht lange und lauthals, als er von der Sache hört. »Statt deinen Sohn etwas lernen zu lassen«, sagt er zu Malwine, »denkst du nur an deine Wiese.«

Ich möchte wissen, ob es dein Gesicht war, das entstellt oder abgewandt über einem Umhang schwebte, der vor mir herging. Es war ein langer Traum. Ich empfand die Anstrengung des Schauens bis in seine tiefsten Schichten hinein. Und die Stimme? Die war nun leichter zu erkennen. Wie du mir das angepriesen hast, wo ich überall durchmußte. Alles war angeblich so großartig, nur daß ich nichts davon entdecken konnte, auch wenn es jedesmal eine andere Landschaft war. Du strecktest die Arme unter dem Umhang, zumindest tat der es, den ich nun doch immer mehr für dich halte, und tatst so, als stünde mir alles zur Verfügung. Aber im Grunde war da gar nichts, was man hätte haben können.

»Ich kann mich an Vater noch erinnern«, sage ich zu Malwine, deren nasses Haar ich – einmal um den Arm geschlungen – fest in der Hand halte, um mit der Drahtbürste die Spitzen auszukämmen.

Ich spüre es am Rucken ihres Kopfes, daß sie sich umdrehen möchte, um mir ins Gesicht zu schauen, aber das Haar gibt nicht nach.

»Gar nicht wahr«, murmelt sie vor sich hin. »Du hast auch noch nie etwas davon gesagt.«

»Ob du es glaubst oder nicht, ich habe ein paar ganz deutliche Erinnerungen. Du vergißt, daß ich die Ältere bin, ich konnte sogar schon sprechen, als Mutter mit dir aus der Klinik kam.«

»Aber Mutter hat doch gesagt, daß er nie da war.«

»Mutter … Mutter …«, versuche ich sie nachzuäffen, »Mutter hat immer so getan, als habe es ihn gar nicht gegeben. Aber irgendwann muß er uns ja wohl gemacht haben.«

»Und?« Malwines ganzer Körper spannt sich, ich spüre es bis in die Haarspitzen hinein.

»Was und?« Ich nehme eine Strähne aus dem Haarbündel, rolle sie über meinen Finger und stecke sie mit einer Haarnadel an Malwines Hinterkopf fest.

»Was sind das für Erinnerungen?«

»Nichts Besonderes eigentlich, ich erinnere mich nur einfach daran, daß er da war. Und daß er mich hochgehoben und geküßt hat, wobei ihm seine Uniformmütze runtergefallen ist.«

»Das war wohl schon im Krieg?«

»Natürlich war es im Krieg. Wir sind beide im Krieg geboren worden.«

»Aber er ist im Krieg geblieben.«

»Wie du das sagst, als hättest du einen persönlichen Verlust erlitten. Dabei hat er dich gar nicht mehr gesehen.«

Malwine übergeht meine Bemerkung. Wir schweigen, und ich versuche den Fetzen Erinnerung, der von irgendwoher in meinem Kopf aufgetaucht ist, an allen Ecken und Enden zu stückeln und auszubessern. Malwine wird immer wieder darauf zurückkommen. Auch das habe ich ihr also voraus.

»Es ist gar nicht so einfach«, sage ich, »über diese Erinnerungen zu reden, sie liegen so tief unten in meinem Gedächtnis.«

»Mutter hat so gut wie nie von ihm erzählt.« Endlich gibt Malwine im Zusammenhang mit Mutter etwas zu. Jetzt schaut sie mich nicht an, da sie es könnte.

»Eben. Ich habe nichts, um die Erinnerungen zusammenzuflicken, keinen roten Faden aus irgendwelchen Erzählungen, keine Gute-Nacht-Geschichten mit Vater als Helden, ja nicht einmal eine Schachtel voller Fotos, aus denen sich etwas machen ließe. Da sind nur diese paar verschwommenen kleinen Originalszenen. Ich glaube, er hat mich einmal auf ein Fahrrad gehoben und mich ein Stück geschoben, weil meine Beine ja noch viel zu kurz waren, um zu den Pedalen hinunterzureichen.«

»Kannst du dich denn nicht daran erinnern, wie er war, wie er gewirkt hat? Sah er in Wirklichkeit anders aus als auf den beiden Fotos in Mutters Album?«

»Anders? Gewiß. Ganz anders. Und doch, wann immer ich an ihn denke, schieben sich diese beiden Fotos dazwischen. Aber daß er mich hochgehoben, ja sogar hochgeworfen und wieder aufgefangen hat, das ist die wirkliche Erinnerung. Das war es, was mich immer noch spüren läßt, daß es ihn gegeben hat, daß er einmal da war.«

»Glaubst du, bin ich ihm ähnlich?« Nun hat Malwine sich doch herumgedreht, ungeachtet des Schmerzes, den die ruckartige Drehung und der Riß am Haar, das ich in der Hand halte, ihr verursacht haben muß.

Der Blick, der mich trifft, ist Frage und Aufforderung zugleich, Aufforderung, aus ihrem Gesicht ein anderes, längst verwestes herauszulesen. Und da überkommt es mich. So hat sie sich das also vorgestellt. Ich sei wie Mutter. Ich soll mein ganzes Leben mit dem Stigma *wie Mutter zu sein* herumlaufen. Ich muß mit all den Jahren, in denen sie mit uns gelebt und es uns nicht gerade leicht gemacht hat, fertig werden, nur weil ich dieses verdammte Lachen von ihr habe. Während sie sich wie Vater vorkommt. Wie ein unschuldiger, vorzeitig entrückter, sich nie bloßgestellt habender Vater. Der negative Abdruck von Mutter, in diesem Fall mit positiver Bedeutung.

»Nicht im geringsten«, sage ich, »nicht im allergeringsten.« Malwines Gesicht erstarrt, als hätte ich sie geschlagen, als hätte ich sie mit aller Gewalt und an ihrem wundesten Punkt getroffen.

»Mach doch nicht so ein Gesicht«, sage ich und drehe mithilfe der nächsten Haarsträhne ihren

Kopf so herum, daß ihr Gesicht nach vorne schaut. »Du weißt doch, daß ich immer übertreibe.« Und diesmal lache ich absichtlich und ausgiebig so laut und dröhnend wie Mutter.

Malwine ist nicht bereit, es dabei bewenden zu lassen.

»Du kannst dich also nur an diese beiden Male erinnern«, sagt sie mit betont teilnahmsloser Stimme, »an das Hochheben und an die Geschichte mit dem Fahrrad.«

»Da ist schon noch mehr, aber das läßt sich nur schwer erzählen. Manchmal sehe ich ihn beim Essen, oder ich gehe mit Mutter spazieren und weiß, daß er dabei war, ohne ihn deutlich vor mir zu sehen. Das Ganze ist ungeheuer vage.«

Wieder schweigt Malwine eine Zeitlang, und ich stecke ihr den Kopf voll mit Schlaufen aus dem eigenen Haar.

»Das hilft mir auch nicht weiter«, höre ich sie dann plötzlich sagen, doch es klingt, als wäre das alles ohne besondere Bedeutung.

Ein Sommertag wie schon lange nicht. Jakob streckt sich ausführlich, was den Gartenstuhl aus dem Gleichgewicht bringt, er schwankt bedrohlich, und Jakob kann sich gerade noch vor dem Umfallen retten. Zeno lacht unbändig, schleicht sich dann von hinten an und gibt dem Stuhl einen Stoß, um dasselbe Schauspiel noch einmal zu haben. Jakob aber fängt ihn ab, setzt ihn sich auf den Schoß und stopft ihm von seinem Ei in den Mund. Da fällt mir auf, wie klein Zeno im Verhältnis zu Jakob noch ist.

Es ist ausgemacht, daß wir an diesem Sonntag alle zum See schwimmen fahren. Aber Malwine geht mit stumpfem Haar und Ringen unter den Augen umher, und als ich das Frühstücksgeschirr in die Küche bringe, sagt sie, »ich komme nicht mit, meine Regel ist diesmal zu stark, und bei der Hitze ist das am Strand eine Qual.« Es folgt eine längere Debatte zwischen ihr, Jakob und Zeno, ob sie nicht doch mitkommen will oder ob wir nicht lieber alle dableiben sollen. Malwine setzt sich durch, und als ich mit meinen Badesachen nach unten komme, steht sogar der Picknickkorb schon im Auto.

Es ist ein kleiner See zwischen den Bergen, ohne Strandbad, man muß sich seinen Platz selber suchen, zu Fuß, es führt nur ein Pfad herum. Zeno ist schon vorausgelaufen, zu dem Platz, an den sie immer gehen, damit ihn uns nicht noch jemand im letzten Augenblick wegschnappt.

So ist es also, wenn sie zu dritt sind, nur daß anstelle von Malwine jetzt ich neben Jakob gehe. Wir sind vollbepackt mit Badezeug und Picknicksachen, und Jakob fragt immer wieder, ob ich wohl zurechtkäme, ansonsten könne ich ihm ruhig noch was aufladen.

Ob er Malwine auch so oft fragt?

Ein Mann wie Jakob. Wie überschaubar alles an ihm ist. Die Woche über Patienten, Untersuchungen, Operationen, Berufskonflikte, in der Freizeit, am Wochenende, Musik, Natur, Familie. Er ist dabei weder fett noch mürrisch geworden, und selbst wenn er trinkt, trinkt er in verantwortbaren Maßen.

»Bist du zufrieden mit dir und deinem Leben?«

frage ich ihn unvermittelt. Er schaut mich erstaunt an, bereit zu glauben, mich falsch verstanden zu haben.

»Ob du zufrieden bist, frage ich?«

Jakob lacht, blickt in die Landschaft, dann auf mich und sagt: »Im Augenblick sehr.«

Ich kann ihm also nicht an. Aussichtslos. Seine Freundlichkeit beruht auf einem Gefühl der psychischen Überlegenheit, sie ist der Schlüssel zu seiner Umgänglichkeit.

»Und du?« fragt er dann, sozusagen aus Höflichkeit, als hätte ich ihn nur gefragt, um auf mein Problem aufmerksam zu machen.

Ich schaue ihn provozierend von oben bis unten an und sage dann langsam: »Es geht.« Und fast wäre es mir gelungen, ihn zu irritieren. Aber nur fast, denn schon klopft er mir freundlich auf die Schulter und sagt: »Na siehst du, und in Kürze ist alles wieder bestens.«

Zeno hat *»den Badeplatz«* bereits in Besitz genommen. Man muß längs einem Felsen über Sendel und Schwarzbeersträucher zum Strand hinunterklettern. Allerdings ist der Sand hier so fein wie sonst nirgendwo. »Und es gibt da große Steine«, sagt Zeno, »aus denen man alles mögliche bauen kann, eine Feuerstelle zum Beispiel, um die Würstchen zu grillen, oder ein Haifischbecken oder ein Delphinarium.«

Wir breiten die Decken auf, und Zeno gräbt in dem großen Badesack nach all seinen Eimern, Schaufeln, Lastautos und was er sonst noch unbedingt dabeihaben wollte.

Ich habe den Badeanzug schon unterhalb an, und wie ich so, vor Jakob stehend, damit anfange mein Kleid aufzuknöpfen, sehe ich für den Bruchteil einer Sekunde so etwas wie Erschrecken in seinem Blick, da drehe ich mich um, als ich das Kleid abstreife.

Und doch befällt mich sofort wieder Unsicherheit. Noch ist alles ziemlich fest an mir, ich bin schlanker als Malwine. Aber kann der Verfall nicht an jedem beliebigen Tag einsetzen? Wann habe ich das letzte Mal meinen Körper wirklich eingehend betrachtet? Oder fällt man einer schleichenden Art von Veränderung anheim, die sich erst bei Situationen wie dieser schlagartig offenbart? Meine Haut hat durch die vielen Luftbäder auf dem Balkon Farbe bekommen, ich werde also weder als zu weiß auffallen noch sogleich mit einem Sonnenbrand rechnen müssen. Aber was ist mit meinem Gesicht? Ich habe nicht einmal einen Spiegel dabei. Wenn ich nicht sofort eine Sonnenbrille aufsetze, werde ich es in tausend Falten kneifen. Wenn ich es eincreme, wird es glänzen. Und schon schüttelt mich die Lächerlichkeit meines eigenen Imponiergehabens, als ob ich wirklich vorhätte, Jakob zu beeindrucken. Eher beneiden müßte ich ihn, wegen seiner Unbekümmertheit solchen Äußerlichkeiten gegenüber. Doch im selben Augenblick sehe ich, wie er sich mit dem Kamm mehrmals durchs ohnehin kurze Haar fährt, und nicht die Sache selbst erstaunt mich, sondern die Verstohlenheit, mit der er es tut.

Zeno wechselt zwischen Strand und Wasser, planscht und erläutert gleichzeitig seine Bauvorhaben. Dann will er wieder, daß wir zu ihm ins Wasser kommen. Jakob hat an einem der Badeplätze einen Bekannten entdeckt. Sie begrüßen sich und reden eine Weile an der unsichtbaren Demarkationslinie miteinander. Mir ist heiß vom Anmarsch, und das Wasser glitzert klar und einladend, obwohl es gewiß kalt ist, wie in allen Gebirgsseen. Ich werde also rasch hineinmüssen, um den Unterschied zu ertragen. Auch tun die spitzen Steine am Ufer weh, es sei denn, man überrennt sie. Und inmitten all dieser Erwägungen nehme ich einen Anlauf. In der Geschwindigkeit reduzieren sich die Empfindungen, und bevor die Kälte mir die Glieder klamm machen kann, wärmt das Wasser sich an meinem rasch zirkulierenden Blut. Das kann ich also noch immer, mich ohne Rücksicht in etwas hineinstürzen. Ob ich mich auch immer noch an den eigenen Haaren wieder herausziehen kann?

Zeno kommt mir prustend ein Stück nachgeschwommen, kehrt aber schimpfend um, als ich keine Anstalten mache, mit ihm herumzukaspern.

Ich will jetzt schwimmen, wirklich schwimmen, wie schon lange nicht mehr. Und es ist mir auch egal, ob mein Haar naß wird oder mein Gesicht. Mein Körper trinkt durch die Poren, und ich spüre ihn in einer Art von Umfangensein, die mir Mut macht. Als ich wende, bin ich ziemlich weit vom Ufer weg. Dieses Gefühl müßte man halten können, zusammen mit der Temperatur. Aber dazu ist der See nun doch zu kalt, und als ich endlich wieder am Ufer bin, kann ich gar nicht schnell genug an Land kommen. Aber da geht das nicht mehr mit dem großen Anlauf, und ich wanke ziemlich jämmerlich über all die bösartigen spitzen Kiesel. Da kommt Jakob, der sich offensichtlich bis jetzt mit dem Mann unterhalten hat und nun auch ins Wasser will. Als er mich so sieht, kommt er lachend auf mich zu und gibt mir seine trockene, heiße Hand, um mich an Land zu ziehen. Mir ist dabei, als müsse das Wasser auf meiner Haut zu zischen beginnen, und als ich dann auch noch einmal beim Gehen leicht gegen ihn falle, überkommt mich fast unwiderstehlich der Wunsch, mich an ihn zu pressen, um meine Nässe an seiner Haut verdunsten zu lassen.

»Ist das Wasser nicht herrlich«, sagt Jakob, als ich endlich auf meiner Decke sitze. Ich nicke mit triefendem Haar. »Ich geh jetzt auch rein«, sagt er, und ich sehe, wie er ganz normal, ohne Anlauf und ohne besondere Verzögerungen, auf Zeno zugeht und ihn zum Schwimmen mit hinaus in den See nimmt.

Da liege ich nun in der Sonne trocknend auf dem Bauch und versuche mir vorzustellen, wie und was ich für Jakob empfinden würde, wenn ich an Malwines Stelle wäre. Und um die momentane Aufgeregtheit meines eigenen Gefühls zu dämpfen, versuche ich mich in die lange Gewöhnung zu versetzen, die eine derartige Aufwallung gewiß nicht mehr aufkommen lassen würde. Während die Sonne einen Tropfen um den anderen von meinem Rücken saugt, erinnere ich mich all jener Jungmädchensehnsüchte aus der Zeit vor der Matura, als wir manchmal mit den Burschen zusammen ins Schwimmbad gingen und das gegenseitige Einkremen des Rückens die einzig erlaubte Form von Zärtlichkeit vor anderen war. Und wie sich so ein Rücken eincremen ließ, ich kann das heute noch spüren.

Dann läuft meine Vorstellung mit mir davon, und ich erwarte immer wieder Berührung, unter welchem Vorwand auch immer, Berührung, Berührung und wieder Berührung. Ein Aufeinanderzustürzen von Haut und Wärme. Nichts weiter, nur dieses Aufeinanderzustürzen und darauffolgende Verlöschen, und ich bin froh, daß ich auf dem Bauch liege, so vermittelt der Druck des Bodens unter der Decke zumindest den Schimmer einer Illusion, gerade soviel, um die Vorstellung bei Laune zu halten, sie immer wieder auf diesen einen Punkt zu fixieren.

Mit einemmal rutsche ich wieder aus dem Schlaf, in den ich träge und sonnenschwer gefallen bin. Etwas kommt auf mir zu liegen, und als ich schwerfällig mit den Augen blinzle, fällt mein Blick auf Jakobs Beine, an denen, beschleunigt durch Rinnen aus Haar, die Tropfen laufen.

»Dein Rücken verbrennt ja«, höre ich ihn sagen; er hat mich zugedeckt. Zeno kommt hinter ihm hergezappelt und spritzt nach mir, muß sich aber sofort in ein Badetuch wickeln lassen. »Du bist ganz blau«, höre ich Jakob sagen, und Zeno schnattert mit den Zähnen.

Ich finde nicht mehr zurück in den Schlaf. Wie ausgestoßen ich mir vorkomme in meiner Bindungslosigkeit, so überhaupt nicht eingebettet in irgendwelche Zusammenhänge. Erst jetzt fällt mir auf, daß wir den Hund nicht mitgenommen haben. Soll er zu Hause Malwine bewachen? Wovor und vor wem? Ich versuche mir vorzustellen, wie sie auf den Verlust von Jakob reagieren würde oder von Zeno. Was würde sie mehr treffen? Ob sie wohl imstande wäre, sich zu trennen? Würde irgendein Mensch es vermögen, sie von Jakob abzubringen, und wenn ja, in welchem Ausmaß müßte das neue Gefühl ihr stetes für Jakob übersteigen? Verliebtheit wäre da wohl kein ernstzunehmendes Argument. Und Jakob, ist er wirklich gegen alles gefeit?

Eigentlich weiß ich gar nichts über Jakob. Das, was ich noch vor kurzem an ihm für eingegrenzt und überschaubar gehalten habe, kann nichts als grenzenlose Tarnung bedeuten. Irgendwelche Wünsche muß er doch haben. Auch wenn das Ungestillte in ihm nicht annähernd so groß ist wie in mir, alles kann er doch nicht erreicht haben. Auch Malwine kann ihm nicht alles erfüllt haben.

Jakob und Zeno haben sich abgetrocknet. »Komm, laß dich einschmieren«, höre ich Jakob zu Zeno sagen. Eigentlich hätte ich das machen können. Es hätte mir einfallen müssen, Zeno einzucremen. Malwine hätte sicher daran gedacht. Ich bin nicht Malwine, aber manchmal sehne ich mich danach, an ihrer Stelle zu sein.

»Wir gehen fischen«, höre ich Jakob nach einer Weile sagen, und Zeno plappert vergnügt vor sich hin, während er das primitive Kinderfischzeug an sich nimmt und Jakob erklärt, wie er sich vorstellt, daß an der und der Stelle die Fische auf sie warten würden. Zeno war schon lange nicht mehr so glücklich. Manchmal fühlt er sich ausgeschlossen aus der Beziehung seiner Eltern, zumindest empfinde ich es so, wenn ich sehe, wie sie ihn frühzeitig hinauf in sein Zimmer schicken, wenn sie Musik hören wollen. »Oder du bist mucksmäuschenstill«, sagt Malwine. Aber da geht Zeno lieber. Jetzt hat er Jakob für sich. Den ganzen Tag wird er ihn für sich haben, denn ich bin nicht Jakobs Frau und nicht Zenos Mutter. Ich habe keinen Anspruch auf Jakob, also kann ich ihn auch nicht von Zeno abziehen. Zeno weiß, daß ich das nicht darf, er würde sein Vorrecht aufs heftigste verteidigen. Andererseits verbinden ihn mit mir die letzten Wochen, und ich bin fast ein wenig gekränkt darüber, wie bedingungslos er die Seiten wechselt, um mit seinem Vater zu gehen.

Wenn ich mich nicht bald bewege, sind all meine Glieder eingeschlafen, und man muß mich mit einem Brecheisen vom steinigen Untergrund lösen. Als ich mich dann langsam aufrichte, sehe ich, daß sich an meinen Oberschenkeln das Muster der Kiesel eingedrückt hat.

Der Korb steht im Schatten, und ich sehe nach, was Malwine uns alles eingepackt hat. Feuer, ob ich Feuer machen soll? Kleinholz liegt genug herum. Ausgebleichte Astknochen, vom Wasser gelutscht und dann wieder ausgespien, abgebrochene Zweige zwischen den Sträuchern. Ich sammle, was mir tauglich erscheint. Dann schlichte ich die größeren Steine zu einer Feuerstelle zusammen, und eine

Art kindischer Freude erfaßt mich dabei. Feuer machen, einen Herd bauen, Essen zubereiten. Ich setze den Strohhut auf, um meinen Horizont trotz des mittäglichen Lichtes überschaubar zu machen. Nur die Zünder habe ich vergessen. Ich greife in Jakobs Hosentasche und bin unangenehm berührt von der Intimität meiner Handlungsweise. Ein gefaltetes Taschentuch fällt heraus, das sicher nach Jakobs Rasierwasser riecht, Münzen, die Autoschlüssel, eine kleine Blechdose mit abgeblätterter Farbschicht, aber ohne Aufschrift, es sind Pillen drin. Pillen für Jakob? Ich werde ihn gewiß nicht danach fragen. Und da ist das Feuerzeug, ein billiges, wegwerfbares. Ich stopfe alles andere zurück in die Hosentasche, ich möchte keinesfalls dabei ertappt werden.

Feuer machen. Ich halte das Feuerzeug lange genug an den dünnsten, trockensten Span, stecke einen zweiten dazu, warte, bis sich einer am anderen entzündet, bis ich es riskiere, die beiden unter ein lockeres Gitter von dünnen und dünnsten Zweigen zu legen, und als die erste Flamme auflodert, beginne ich die Äste draufzulegen, kreuz und quer, immer darauf achtend, daß genügend Luft dazu kann.

Ich leihe mir Zenos Taschenmesser und schneide die Spieße zurecht, an die ich die Würstchen stekken möchte. Ausgehend von dieser Art Handgriffen, befällt mich eine beinah archaische Bedächtigkeit, und zum ersten Mal seit langem sehe ich mich wieder an einer Grabungsstätte, mit dem Pinsel den Staub von einer jahrtausendealten Schwelle fegen.

Ich werde mich demnächst entscheiden müssen, ja, demnächst. Mein Leben annehmen, meine Arbeit, für die ich mich schon seit immer entschieden habe. Eigentlich könnte ich morgen abreisen. Ich bin gesund. Nein. Alles in mir wehrt sich dagegen. Noch nicht. Warum nicht? Was hält, was bindet mich? Zuneigung? Malwine und ich werden immer kontrovers bleiben. Zeno? Ein Kind, ich habe längst darauf verzichtet, freiwillig, wie ich meine. Und doch, die Neugier, unser beider Neugier, und was sich an Spielmustern daraus ergeben hat. In gewissem Sinn also doch Zuneigung. Jakob? Jakob, Jakob, Jakob! Was gilt es da noch herauszufinden? Man kann den Probegraben zu tief anlegen und dabei wertvolle Fundstücke ruinieren. Alles kann man zerstören, wenn man zu tief, zu heftig gräbt. Nicht mich schon wieder meinem Fleisch überlassen. Nur keine Querverbindungen mehr, das Alleinsein annehmen. Die Wünsche, als zu leichtfertig erkannt, einfach abtöten, sie sich aus dem Leib schneiden, und da tropft auch schon das Blut aus meinem Handballen, dick und dunkel quillt es heraus, und ich kann nicht anders, als ihm fasziniert dabei zuschauen.

Sie kommen. Ohne Fisch, wie vorauszusehen, angelockt vom Rauch, hungrig und vergnügt, voll Freude mit der Aussicht auf Essen. Zeno stürzt auf den Korb zu, versucht die Würste aufzuspießen und ist beschäftigt. Ich sitze noch immer da, mit dem Blick aufs Feuer, Blut aus meinem Handballen quetschend, als könne ich mir dadurch alle Lust und alle Gier aus dem Leib pressen.

Und da tut Jakob etwas, was ich ihm nie zugetraut hätte, und doch erschrecke ich kaum, als er meine Hand nimmt, sie an den Mund führt und spürbar an der Wunde zu saugen beginnt, ohne daß ich seinem Blick ausweichen könnte.

Es ist etwas in diesem Blick, das mir bisher an Jakob unbekannt war, eine Art Warnung, aber immerhin ein Signal, etwas in seinem Inneren, das auf etwas in meinem Inneren reagiert hat.

»Was machst du da?« Zeno ist mit den aufgespießten Würstchen zu uns gekommen und hat mit einem der Spieße demonstrativ unseren Blick gekreuzt.

»Dein Messer war rostig«, höre ich Jakob sagen, »und ich habe kein Desinfektionsmittel dabei. Gib eine Papierserviette herum, solange es noch blutet«, sagt Jakob dann zu mir.

»Warum hast du das Blut nicht ausgespuckt?« fragt Zeno.

Jetzt wird er rot werden, denke ich. Aber auch diesbezüglich habe ich Jakob unterschätzt.

»Hab ich doch, gleich vorhin. Hast wieder einmal vorbeigeschaut.« Und kein Wimpernzucken verrät, daß er lügt.

Und mit einemmal schlägt die Erregung in Ausgelassenheit um. Da ist von einem Bärenhunger die Rede und von einem Mordsdurst, und während ich die Würstchen, die Zeno mir reicht, übers Feuer halte, hat Jakob vom Grund des Korbes eine Flasche Rotwein hervorgeholt, sie geöffnet und – da wir keine Gläser haben – den Korkenschluck abgetrunken.

»Da hast du, Schwägerin«, sagt er, mit einem ironischen Akzent auf dem Wort Schwägerin. »Gieß ein bißchen Blut nach.«

Ich nehme einen großen Schluck, einen ziemlich großen sogar, und Jakob meint: »Gut so, das stärkt die Nerven.«

Zeno hat den Korb ans Feuer geholt, und ich kann nicht aufhören mit dem Anbieten und Austeilen. Es tut mir unendlich wohl, den beiden etwas zu essen zu geben, es ihnen tatsächlich mit meiner Hand zu reichen, auch wenn ich es nicht selbst zubereitet habe, aber inzwischen erliege ich bereits der Fiktion, ich und nicht Malwine hätte den Korb gepackt.

Als der Korb dann leer ist und die Flasche ebenfalls, will Zeno einen Hafen bauen, und Jakob muß mit ihm kommen. Bevor er geht, nimmt er noch einmal meine Hand, um sich den Schnitt anzusehen, aber auch an dieser Berührung ist gar nichts Selbstverständliches, so daß ich meine Hand sogar früher zurückziehe.

»Du solltest lieber nicht mehr ins Wasser gehen«, sagt Jakob, »und wenn, dann laß die Hand draußen.«

Ich habe Angst, Angst vor dem Nächstliegenden. Jetzt ist es nicht mehr nur mir überlassen. Jetzt existiert das Ganze nicht mehr nur in meiner Phantasie. Ich kann nicht mehr nach Belieben verfahren. Von nun an zählt jedes Wort, jede Geste. Wo nimmt Jakob bloß diese Art von Überlegenheit her? Und da möchte ich ihn schon am liebsten knien sehen und bitten. Ich kann die Vorstellung von seinem mannshohen Stehen nicht ertragen.

Es ist einer jener seltenen Tage in dieser Gegend, die klar beginnen und klar enden werden. Die Sonne erreicht eine Kraft wie sonst nur im Süden und doch anders, weil eine Ausnahme. Das kalte Wasser, das sich nur ganz langsam erwärmt und nicht mit der Lufttemperatur zusammengeht, besteht weiter als Alternative, vom ganz Warmen ins ganz Kalte zu gehen und umgekehrt.

Der Wald, der den See fast zur Gänze umgibt, strömt einen stets gegenwärtigen Geruch aus, ein Gemisch aus ätherischen ölen, morschem Holz und Beeren. Es sind nun fast alle Badeplätze besetzt, und doch schwillt das Geräusch der Badenden nicht zu Lärm an, so als wirke die erwärmte Luft wie ein Schalldämpfer.

Die Vorstellung von der Klarheit des Himmels, der Reinheit dieses Sees und der Geschlossenheit des Waldes wird mich noch heimsuchen, heimsuchen an Tagen, die ich an meinem Schreibtisch zubringen werde, heimsuchen vielleicht auch nachts, wenn ich bereits im Bett liege und nicht schlafen kann, oder an einem Sonntagmorgen, wenn mich der Blick durchs Fenster auf die trüben, regenglitschigen Dächer ins Bett zurückgescheucht hat. Dann werde ich mich nach diesem Ort sehnen, ohne an meine derzeitigen Gefühle zu denken. Die Vorstellung wird sich von dem, was ich jetzt empfinde, losgelöst haben, wird als abstrahierte weiterbestehen, die absolutes Wohlbefinden suggeriert.

Ich ordne unsere Abfälle, knülle Papiere zusammen, um sie in einen der Abfallkörbe entlang des Strandes zu werfen, falte die Stoffservietten und lege das restliche Obst in den Korb zurück. Sogar die Spieße der Würstchen stecke ich, einen nach dem anderen, in die noch glimmende Asche, damit sie *zu Staub* werden. Mein Rücken brennt, ich bin eben doch schon zu lange in der Sonne, und da entschließe ich mich ganz plötzlich, gerade während ich mich bücke, um den Korb in den Schatten zu stellen. Aus dem Stand sozusagen beginne ich zu laufen. Ich bleibe nicht einmal stehen, um mir den Strohhut vom Kopf zu reißen, ich lasse ihn einfach irgendwo fallen. Ich laufe zwischen Zeno und Jakob hindurch, die noch immer an dem Hafen bauen, und werfe mich ins Wasser, tauche, gehe auf Grund und öffne die Augen, um nach Muscheln zu suchen. Hier unten möchte ich bleiben können, wie so oft in Träumen, in denen das Glück, nicht atmen zu müssen, mich körperlich gerührt hat.

Schwimmen, weit hinausschwimmen, allein sein, mit dem Körper in zwei Elementen, in den Himmel schauen, mit geblendeten, tränenden Augen, und dann das Gesicht unter Wasser halten; sich bewegen und dabei warm werden in der Kühle des sich anschmiegenden Wassers.

Als ich wieder in Ufernähe bin, kommen mir Jakob und Zeno entgegengeschwommen. Ich habe gar nicht mehr an meine Hand gedacht. Jakob sagt nichts, aber ich sehe, daß er daran denkt. Zeno versucht sich bei mir anzuhängen, worauf wir beide kurz am Ertrinken sind. Wieder hochkommend, tauche ich ihn nun erst recht ins Wasser, worauf er mich am Bein zieht. Wir schlucken beide, husten und prusten, und als ich wieder sprechen kann, sage ich: »Für heute reichts mir.«

Ich bin angenehm müde und zu nichts entschlossen. Es einfach auf mich zukommen lassen. Vielleicht würde ein einziges Mal, ein allereinziges Mal genügen, um die Spannung für immer zu lösen. Ich habe lange genug im Haus gelebt, ohne daß Jakob mir besonders aufgefallen wäre. »Man muß durch vieles einfach durch«, hat Maurice gesagt, »auch wenn man von vornherein absehen kann, was dabei herauskommt, trotzdem muß man durch. Nur nichts stocken lassen, keine unbearbeiteten Reste. Nicht, was man getan hat, das, was man nicht getan hat, verursacht Geschwüre.«

Kann ich es denn absehen?

Vielleicht wäre es am besten, die Sache so rasch wie möglich auszuleben. Damit hat es sich, und Jakob wird Malwine, meine kleine, glückliche Schwester Malwine, danach wieder so richtig zu schätzen wissen. Vor lauter beschwörenden Argumenten schmeckt mir das nicht einmal bitter.

Auf der Heimfahrt sitze ich wieder neben Jakob. Meine Haut ist merklich dunkler geworden, gereizt von der Sonne, und sie spannt. Jede auch nur zufällige Berührung würde meine gesamte Körperoberfläche in Schwingung versetzen. Aber Jakob hütet sich. Nicht einmal nach meiner Hand hat er gesehen. »Zu Hause gebe ich dir was drauf«, war alles, was er dazu gesagt hat.

»Ich bin froh, daß ihr so einen schönen Tag erwischt habt«, sagt Malwine, die zum Auto gekommen ist, »es muß herrlich gewesen sein am See.« Sie sieht ein wenig verknittert aus, und ich finde es grotesk, daß sie eigens für uns aufgestanden ist. Ich hätte doch genausogut etwas richten können. Hungrig sind wir alle miteinander nicht. Sie aber hat ein richtiges Abendessen vorbereitet.

Ich kann ohne Verärgerung daran denken, wie wir das erste Mal allein in einem Zimmer waren und die Erregung uns so sehr im Halse saß, daß wir kaum sprechen konnten. Alleingelassen, ja, so bin ich mir damals vorgekommen. Und so tat ich den ersten Schritt, doch, doch, ich bin auf dich zugegangen.

Einmal hast du es mir sogar zum Vorwurf gemacht, wie gut ich danach arbeiten könne, im Gegensatz zu dir, der viel länger brauche, um sich umzustellen, ich sei eben nicht vereinbar mit dem, was du sonst machst. Ich glaube, du dachtest wohl, ich würde zehren von dir.

Ich war heiter damals und vor Freude offen. Ich hielt dich für einen Fund aus einer mir unbekannten Erdschicht, und möglicherweise war mir von Anfang an klar, daß ich dich in Kürze würde abtreten müssen. Ich gestatte mir sogar die Ehrlichkeit, zuzugeben, daß ich in Wahrheit gar nicht zu allem bereit war. Dir aber nahm ich es übel, daß du Schindluder triebst mit all deinen Verteidigungen, daß ich dich an Wehrhaftigkeit übertreffen und auf die Dauer sogar recht behalten mußte.

Während Jakob Malwine unseren Tag am Strand erzählt, schläft Zeno auf meinen Knien ein. Die Berührung mit meiner noch von der Sonne warmen Haut treibt ihm den Schweiß auf, und in Kürze ist sein Haar an der Stelle, wo es aufliegt, naß.

»Ich werde ihn ins Bett bringen.«

Malwine nickt mir zu. »Schaffst du es? Ist er dir nicht schon zu schwer?«

Ich lege mir das Kind über die Schulter und stütze mich beim Gehen fest aufs Treppengeländer. Ich glaube, ich wäre ein ganz brauchbarer Vater. Wenn ich nicht gerade arbeite. Eine gewisse Kumpelhaftigkeit beim Spielen, freundschaftliche Unterweisung in Dingen, von denen sie in der Schule nichts hören, Konsequenz, ja selbst zu einer gewissen Strenge könnte ich mich verstehen. Wahrscheinlich würde ich mir sogar mehr Zeit nehmen als Jakob.

Noch während wir gehen, ziehe ich Zeno die Hosen runter. Er ist so müde, daß ich ihn über die Klomuschel halten muß. Ich lasse ihn in der Unterwäsche schlafen.

»Ich wollte vor Zeno nichts sagen«, Malwine kehrt mit der Hand die Brösel zusammen, »aber der Hund ist weg.«

Jakob schaut auf. »Seit wann?«

»Ich hab ihn schon am Morgen nicht mehr gesehen.«

»Ich auch nicht«, sagen Jakob und ich gleichzeitig.

»Glaubt ihr, daß er erschossen worden ist?« Es fällt mir selbst schwer, das auszusprechen.

»Muß nicht sein«, sagt Jakob, »ich fahr ihn nachher suchen.«

»Ihr entschuldigt mich.« Malwine wirkt noch immer müde.

»Aber natürlich.« Jakob wendet sich zu mir. »Dich muß ich auch noch verarzten.« Wir folgen ihm beide in sein Arbeitszimmer. Malwine bekommt ein Pulver, das sie in Wasser auflösen muß. Während sie hinausgeht, küßt sie mich flüchtig auf die Wangen, was sie ganz selten tut. Verwundert schaue ich ihr nach.

»Fanny!« Ich drehe mich zu Jakob um, gehe auf ihn zu mit der ausgestreckten Hand. »Die reinste Selbstverstümmelung …« Jakob taucht einen Tupfer in die Jodflasche und pinselt damit an dem Schnitt herum. Es brennt. Viel mehr, als ich gedacht habe.

»Hast du nichts anderes«, frage ich ungehalten, »keine Merfen-Salbe oder wie das Zeug heißt?«

Jakob schüttelt mit einem leichten Grinsen den Kopf. »Nein, für dich nicht.« Und da gibt es nichts anderes, als ohne mit der Wimper zu zucken standzuhalten.

Diesmal schenke ich mir selber einen Schnaps ein, und als Jakob sein Jod weggesperrt hat und mir nachkommt, schenke ich auch ihm einen ein. Er nimmt das Glas, ohne mich dabei anzusehen.

»Ich fahre jetzt den Hund suchen«, sagt er, »es sind immer wieder dieselben Stellen, an denen man suchen muß.«

»Ich komme mit.« Sowie ich das gesagt habe, fällt alles Quälende mit einemmal von mir ab, und ich fühle mich frei wie jemand, der etwas gegen eine peinigende Ungewißheit getan hat.

»Gesetzt den Fall«, sagt Jakob, »ich möchte das nicht …«, und er trinkt seinen Schnaps aus.

»Fürchtest du dich vor mir?«

»Komm«, sagt Jakob und berührt mit dem Arm meine Schulter.

Ich muß beinah laufen, um gleichzeitig mit ihm beim Auto anzukommen, und ich habe die Tür noch nicht ganz zu, als Jakob bereits fährt.

»Es hätte uns schon beim Frühstück auffallen müssen.«

»Was?« Jakob fährt die Landstraße entlang.

»Daß der Hund nicht da ist.«

Die Dämmerung wischt, immer dichter werdend, am Auto vorbei. Es wird kaum abkühlen in dieser Nacht. Ich glaube nicht, daß wir den Hund hier an der Straße finden, wir werden also in den Wald müssen. Meine Vorstellungskraft erlahmt zusehends, ich kann, ich will mir nichts mehr vorstellen. Es gibt nur das, was ist. Was unmittelbar um mich herum ist. Ich will mir selbst nicht um einen Augenblick voraus sein.

Jakob sucht mit Blicken den Straßenrand ab. Ich wage nicht, ihn anzusprechen, aus Furcht, er könne sich meiner Anwesenheit erwehren wollen. Wir halten vor einem Bauernhof. Jakob steigt aus, ohne etwas zu sagen. Ich sehe ihn um den Hof herumgehen. Ein Hund bellt, und dann kommt jemand aus dem Haus heraus. Ich sehe, wie Jakob auf ihn einredet, und dann machen beide weitausholende Bewegungen mit den Händen.

»Hier war er offensichtlich nicht.« Jakob redet eher vor sich hin, als daß er zu mir etwas sagt.

Die Straße wird immer schlechter, Schlaglöcher, schlecht ausgebesserte Pfützen und dann und wann ganze Rinnen, von Regenstürzen ausgeschwemmt. Auf der einen Seite immer Wald, auf der anderen Weideland und in der Ferne Häuser, Dörfer.

Erst beim dritten Hof hat man den Hund angeblich gesehen. Und soweit ich das in der Dämmerung ausnehmen kann, erfolgen wiederum die weitausholenden Gesten, die sich, wie ich meine, auf den Wald beziehen.

Die Straße ist nun etwas angestiegen und hört bei einem Gehöft so gut wie ganz auf.

Jakob steigt aus, pfeift. Ein Hund schlägt an, offensichtlich an einer Kette. Es scheint niemand im Haus zu sein. Sonntagabend. Wenn der Bauer jung ist, ist er vielleicht tanzen.

Ich rufe mehrmals »Sascha«, ohne Erfolg.

»Dann bleibt uns nichts anderes übrig, als zu Fuß weiterzugehen. Es ist zwar nicht sehr wahrscheinlich, daß wir den Hund hier so einfach finden, aber er ist in der Gegend gesehen worden. Wenn du willst, kannst du natürlich im Auto bleiben …« Ein letzter Versuch Jakobs, die Gegenwart auszuschalten.

Ich gehe hinter Jakob her, bis wir an die ersten Bäume kommen, dann sage ich: »So warte doch, sonst mußt du am Ende mich auch noch suchen.«

Jakob bleibt stehen, wartet, bis ich fast an ihm

vorbei bin, und legt dann freundschaftlich seinen Arm um meine Schulter.

»Du kennst den Weg«, sagt er und versucht diese Art von Freundschaftlichkeit auch mit der Stimme zu halten. »Besser als ich wahrscheinlich.« Sein Lachen klingt um eine Spur zu überzeugt.

»Das denn doch nicht.« Ich versuche mich, nur von seinem Arm gestützt, zu bewegen, ohne mich irgendwo an Jakob festzuhalten. »Ich habe nur gehen gelernt.«

»Ach komm.« Jakob versteht nicht, worauf ich mit meinen Bewegungen anspiele, und faßt mich fester, drückt mir beim Gehen den Rhythmus seines Schritts auf, und von dem Augenblick an, in dem unsere Hüftgelenke sich berühren, bewegen sich unsere Beine im Gleichschritt.

»Du hast immer voraus sein wollen, gib es doch zu. Ganz egal, ob jemand mit dir Schritt halten kann oder nicht, du bist deine Interessen entlang marschiert.«

»Du etwa nicht? Worin unterscheidet sich eigentlich deine Laufbahn von der meinen, außer im Fach natürlich?«

»Ts«, macht Jakob, verächtlich und ungeduldig zugleich, so als habe ich ihn absichtlich mißverstanden. Und da muß ich ausholen: »Hast du etwa auf Malwine gewartet?« Und als Jakob mich befremdet von der Seite her ansieht: »Ich meine hinsichtlich deiner Laufbahn? Du hast sie dir geholt, als Ergänzung in manchen Bereichen.«

»Du«, ich spüre, wie Jakob an diesem Wort würgt, »du hast kein Recht …«

»Wozu habe ich kein Recht? Oder besser gesagt, worauf? Auf jemanden wie Malwine? Die all das ist, was ich nicht bin? Auf Zeno?«

»Ach Fanny.« Jakob ist stehengeblieben, und ich wäre beinah über seine Beine gestolpert. »Was sollen all diese Umkehrungen? Du hast dich für etwas Besonderes entschieden, und das hat Konsequenzen.«

»Ich war krank«, sage ich, »ich war krank, weil ich mir etwas holen wollte, was, wie du es sagst, unter die Konsequenzen fällt, was mir nicht zusteht. Aber ich bin nur auf Konkurrenz gestoßen.«

»Es tut mir weh, dich so reden zu hören. Du bist etwas Besonderes, und diese Art von Besonderheit hat ihren Preis.«

»Meinst du? Für mich ist aber nichts Besonderes dran, genauso wie ich für mich nichts Besonderes bin. Ich glaube an das alles nicht, auch sehe ich das Besondere meiner Situation in einem Maß vervielfältigt, daß die Besonderheit sich schon aus diesem Grund in eine Art von Allgemeinheit auflöst.«

»Du hast Probleme«, sagt Jakob im Weitergehen, »die du nur lösen kannst, wenn du deine Situation voll und ganz annimmst.«

»Würdest du mit jemandem wie mir leben wollen?«

»Wollen schon«, sagt Jakob, »das ist hier nicht entscheidend. Ob ich es könnte, das ist die Frage.«

»Schau mich an.« Jetzt bin ich es, die stehenbleibt und Jakob den Weg abschneidet. »Du machst etwas Besonderes aus mir, um mich aus dem Spiel lassen zu können. Du schaust mich nicht einmal an.«

Am liebsten würde ich jetzt nach Jakob greifen, ihn an mich ziehen und sagen: »Ich habe dich gewählt, für diese Nacht zumindest. Ich habe dich gewählt, damit du die Spannung in mir löst. Ich habe dich gewählt, weil ich weiß, was mir guttut.«

Und doch tue ich nichts davon, ziehe mich sogar noch zurück, immer mehr gegen einen Baum hin, um eine Stütze für den Rücken zu haben, wenn Jakob aus seiner momentanen Starre erwacht.

»Und wie ich dich anschaue«, sagt Jakob mit einemmal, leise und so, als spräche er zu sich selbst. »Die ganze Zeit schon und viel zu sehr, als gäbe es nur mehr dich, als wärst du mir wirklich wichtig, als würdest du mir unendlich viel bedeuten ...«

»Komm«, sage ich, »es ist nicht so schlimm, wie du denkst ...«

»Nicht schlimm?« Es ist, als stieße dieses Wort ihn meilenweit zurück, als müsse er von neuem gegen all seine Skrupel ankämpfen und jedes seiner Bedenken eigens mit einem Stein niederschlagen. Ich würde gerne die Hand nach ihm ausstrecken, ihm helfen, bis zu mir zu kommen. Ein Instinkt warnt mich, und ich lasse so demonstrativ die Arme sinken, daß meine Schultern sich mitsenken.

Die Luft zwischen uns wird immer kompakter, eine Wolke, die zerteilt, das Rote Meer, das durchschritten werden muß, und ich wende das Gesicht ab, um die Herausforderung deutlicher zu machen.

»Fanny!« Da sehe ich, wie ein Mann, der Mann meiner Schwester, irgendein Mann, sich einen Stollen durchs Gebirge schlägt, wie einst Ferhad, um zu mir, zu Schirin, zu kommen. Und ich darf ihm nicht entgegengehen, weil ich der Preis bin. Der Preis für die Mühe, der Preis für den Kampf, der Preis für die überstandene Gefahr. Ich muß verdient werden. Und dann noch einmal, ganz nahe, fast schon am Ziel: »Fanny, das ist Wahnsinn!«

Da verliere ich die Geduld: »Ach komm, es soll dich nie eine andere Art von Wahnsinn treffen.«

Jakob lacht plötzlich leise. Ich habe ihn aufgehalten, noch einmal aufgehalten. Eine Prüfung am Wege. Die Fata Morgana, die dem Helden in Gestalt der Geliebten erscheint, um ihn vom Weg abzubringen, um ihn von der Aufgabe abzulenken. Es ist sein Rhythmus, in dem er den Berg durchgräbt, und erst wenn er Licht sieht am anderen Ende, dann ist es soweit.

Ich verharre bewegungslos, während Jakob sich umdreht und mehrmals nach dem Hund pfeift. Wir horchen beide in den Wald hinein. Dann aber kommt Jakob geradewegs auf mich zu. Da schwillt auch in mir die Erwartung wieder an, und ich drehe mich ihm entgegen. Und da ist dieser Augenblick, in dem die noch nicht erfolgte Berührung von der Ahnung vorweggenommen ist, ein Augenblick, der mich trotz seiner Wiederholbarkeit dazu vermögen würde, über mein Leben verfügen zu lassen.

Dann spüre ich Jakobs Lippen, seine Zunge und den leichten Nachwuchs seines Bartes. Und da ist ein Schacht, in den wir uns beide hineinfallen lassen, die sich ausbreitende Zärtlichkeit zwischen Haut und Händen, in der zu ertrinken ein Ziel ist. Angekommen sein, ist bereit sein, und ich lasse mich langsam den Baumstamm hinabgleiten ungeachtet dessen, daß die spröden Schuppen der Rinde mir die Haut durch den Stoff hindurch schürfen, denn was soll dieser Schmerz, verglichen mit einer Lust, in deren Erwartung sich meine Haut kräuselt. Irgendwo in der Nähe schreit ein Tier, eine Eule vielleicht, aber es hat nichts Erschreckendes. Der zunehmende Mond ist hell genug, daß wir einander ausnehmen können. Auch Jakobs Rücken ist noch heiß von der Sonne, und während ich die Hände um ihn lege, befällt mich der Wunsch, mich über diesen Rücken zu beugen, ihn zuzudecken mit meinem Körper. Wie aber … und so dränge ich Jakob mit meinem ganzen Leib entgegen.

Zeit lassen, es auskosten, die Einmaligkeit als Einmaligkeit begehen. Nicht gleich. Ich streichle über Jakobs Lenden, wir küssen uns, ich führe seine Hände. Mit angehaltenem Atem der Überhitzung widerstehen. In Voraussicht der späteren Isolation dennoch und unbedingt aufeinander setzen.

Als es dann soweit ist und Jakob zu mir kommt, während meine Gliedmaßen über ihm zusammenschlagen, ist es ein paar Takte lang so, als würde alles sich mit Sicherheit in dem alten Rhythmus leiblicher Vereinigung vollziehen, im Tausch des Geschenks der Lust, eben so, wie die Vorstellung es immer wieder und wenig wandelbar suggeriert.

Da beginnt Jakob plötzlich in mir zu schrumpfen. Er beschleunigt seine Bewegungen, wie um es in letzter Minute noch zu erzwingen, dabei entgleitet er mir. Ich höre die Scham in ihm räsonieren, schließe mich schützend um ihn. Er versucht mich zu streicheln. »Laß«, sage ich, aber dann geschieht es doch, es wirkt, bei mir wirkt es. Ob es auch bei Jakob etwas bewirkt hat? Ich taste mit den Händen an seinem Körper entlang.

Ich sollte entspannt sein, nach all der Zärtlichkeit, doch mein Hunger ist geblieben. Wir stürzen uns in immer wildere Umarmungen, drücken einander, bis es wehtut. Jakobs Bartnachwuchs reibt schmerzhaft an meiner Haut. Er greift selbst nach seinem Glied, schüttelt es, versteht nicht. »... ich habe doch sonst nie, ach was.«

Wir stürzen einander von neuem entgegen mit dem verzweifelten Wunsch, sich einer im anderen einzugraben. Dazwischen ein Gefühl, als liefen Ameisen über meine Beine, die Baumwurzeln drücken gegen meine Wirbelsäule.

»Komm«, sage ich, und ich meine, daß wir gehen sollen, aber Jakob nimmt es anders, bohrt mir die Zunge in den Mund, zieht sie zurück, bohrt sie tiefer, beschwörende Handlung der Signaturlehre, sein schwerer Körper drückt mich in den Boden hinein, und er stöhnt leise, so als könne all das seine Kraft wiederbringen.

Und willig gebe ich mich jedem neuen Ansturm hin, lasse mir das Gesicht wundreiben und das Rückgrat pressen, als sei dieser Vollzug auch für mich von großer, von unbedingter Wichtigkeit.

Und doch sind meine Sinne wacher. »Jakob!« Ich kann ihm gerade noch eine Warnung zukommen lassen, denn er hat den Hund nicht gehört, wie er so zwischen den Bäumen herabgelaufen kam, unmittelbar auf uns zu, seinem Geruchssinn vertrauend und doch überrumpelt davon, uns hier liegen zu sehen. Blaffendes Gebell, und dazwischen eine Zunge, die, anders als die unseren, warm und speichelnd über unsere nackte Haut fährt.

»Komm«, sage ich noch einmal, und diesmal nimmt Jakob es richtig und zieht mich auch hoch. Sascha bellt immer noch und stößt uns mit seiner Schnauze an, als empfinde er unsere Lage als peinlich; wir sind ihm zu klein geworden.

In dem Augenblick aber, als Jakob vollständig angekleidet vor dem Hund steht, geht dieser zu Boden, winselnd vor schlechtem Gewissen, und Jakob sagt auch erwartungsgemäß: »Na warte, du Köter, von nun an wirst du angehängt«, worauf der Hund sich noch mehr duckt und laut aufwinselt, als hätte Jakob ihn geschlagen.

Arm in Arm gehen wir zum Wagen zurück. Die Anwesenheit des Hundes, der folgsam bei Fuß geht – an meiner Seite – und mir hin und wieder die Hand zu lecken versucht, erspart uns die Worte. Als wäre der Hund eine Person, vor der man über gewisse Dinge nicht reden könne.

Jakob öffnet, als wir wieder zum Hof gekommen sind, die hintere Wagentür, und der Hund springt hinein. Wir stehen uns eine Zeitlang gegenüber, als ich mich abwende, sagt Jakob: »Dein Kleid ist am Rücken ganz schwarz.«

»Und du«, sage ich, »solltest dir die Fichtennadeln aus dem Hemd holen.«

Wir küssen uns wieder. »Tut mir leid«, sagt Jakob, und ich sage, aber nein, mir fällt gar nichts ein, was ich sagen könnte, und so drücke ich mich noch einmal ganz fest an ihn.

Als der Motor anspringt, trifft uns der Scheinwerfer eines anderen Wagens, der in der Nähe stehenbleibt, umdreht und einparkt. Offensichtlich ist der Bauer nach Hause gekommen. Er kennt Jakobs Wagen. Es genügt also, hinauszuwinken und zu rufen: »Der Hund war fortgelaufen. Aber wir haben ihn schon, Gott sei Dank. Von jetzt an wird er angehängt.« Sascha hockt auf dem Rücksitz und schaut aus dem Fenster.

Was habe ich dir noch vorzuwerfen? Du hast mir wehgetan, ich habe den Schmerz weitergegeben, es hat andere getroffen. Nicht, daß das etwas richtigstellen würde zwischen uns, es verzweigt sich nur. Eine oftmals erinnerte Verletzung verliert von Mal zu Mal an Schärfe. Ich bin entschlossen, das als Heilung zu sehen, mehr noch, als meine Stärke, die ich nicht einmal mehr erproben möchte, also will ich dich gar nicht mehr sehen. Ein Anruf würde mich schon kaltlassen. Ich bin genesen, mein Lieber. Soll ich dein Andenken hochhalten?

Es ist, als ob etwas gewesen wäre – und doch war nichts. Ob dieses Nichts ausreicht, um unser aller Situation zu ändern?

Mein Blick fällt auf den schlafenden Körper neben mir, und mein Herz zieht sich zusammen, wenn ich daran denke, daß meine Rekonvaleszenz nun langsam zu Ende geht; ich werde das Feld räumen müssen.

Zeno bewegt sich, er wird nun bald aufwachen. Er muß, während ich im Wald war, in mein Bett geschlichen sein. Ob er auf mich gewartet hat? Als ich nach Hause kam, schlief er schon. Ich hatte ihn gar nicht gleich bemerkt und erschrak heftig, als ich mich im Dunkeln ins Bett legte und dabei auf seinen Körper stieß. Doch dann tat es gut, seinen Atem zu hören und ihn neben mir zu spüren. Ich muß sehr vorsichtig geschlafen haben, um ihn nicht an die Wand zu drängen.

Zeno blinzelt unter den noch geschlossenen Augenlidern.

Ich warte noch ein bißchen ab, dann lege ich los: »Sag einmal, wie kommst denn du hierher, ausgerechnet in mein Bett?«

Zeno kichert leise vor sich hin, wie über einen Streich, der ihm gelungen ist.

»Ich weiß auch nicht, vielleicht hat Superman mich im Schlaf herübergetragen.«

»Lauter faule Ausreden«, und ich trete mit dem Fuß, nicht besonders fest, aber mehrmals gegen seinen Hintern, das Zeichen für ihn zum Balgen. Und während Zeno versucht, so nah wie möglich an mich ranzukommen, um mich zu kitzeln, sagt er plötzlich, »wie siehst du denn aus?«

»Ich?«

»Im Gesicht.«

Ich fahre mit der Hand über meine Haut und spüre die wunde Stelle an meinem Kinn. Sie muß jetzt bräunlich aussehen. Haut geht an den Rändern ab, und ich fange stumm zu fluchen an. Was soll ich Zeno, was Malwine sagen?

»Hm«, ich ribble noch immer an meiner Haut herum, »wir haben den Hund suchen müssen. Das blöde Vieh ist von Bauern gesehen worden, wie es in den Wald gelaufen ist. Ich bin im Finstern gegen einen Baum gestoßen, und dabei hab ich mir das Kinn aufgeschürft.«

»Und«, fragt Zeno, »habt ihr Sascha gefunden?«

»Klar.« Ich tue, als wäre das selbstverständlich.

»Aber das hat gedauert. Das nächstemal lauf ich dem Kerl nicht mehr nach.«

»Juhu«, schreit Zeno, »Sascha ist wieder da, juhu!«

»Und jetzt raus«, sage ich, »damit ich mich waschen und anziehen kann.«

»Wieso muß ich da raus?« Zeno lauert auf meine Antwort.

»So halt.« Mir fällt auch nichts dazu ein.

»Und wenn ich dich heirate«, fragt Zeno, »muß ich dann auch rausgehen, wenn du dich wäschst und anziehst?«

»Schieb ab«, sage ich, ohne mich weiter auf eine Debatte einzulassen. Es dauert eine Weile, aber dann geht Zeno wirklich.

Es ist schon spät, aber das ist gut so. Am liebsten wäre es mir, wenn Malwine schon zum Einkaufen gefahren wäre und ich sie erst mittags sehen müßte. Ich werde versuchen, das Kleid notdürftig auszuwaschen, so kann ich es ihr nicht für die Maschine geben. Bevor ich mich unter die Dusche stelle, untersuche ich meinen Körper vor dem Spiegel. Mein Rücken ist voller blauer Flecke, aber auch an den Schultern, am Halsansatz, überall verdächtige Spuren. Zum Glück ist es etwas bewölkt heute, ich kann also Entsprechendes anziehen.

Und trotzdem fühle ich mich leicht und unverkrampft. Wie auch immer, es ist etwas geschehen. Es ist dieser leise Wunsch nach Nähe, der mir noch zu schaffen macht. Und Malwine? Man wird sie unter allen Umständen heraushalten müssen. Sie würde es ohnehin nicht begreifen.

Jetzt müßte Jakob in meinem Bett liegen, ausgeschlafen, ohne Bedenken, ganz locker, und ich würde zu ihm unter die Decke kriechen. Dann würde es gehen, ohne all die äußeren Zeichen der Vergewaltigung, einfach so, wie es seit Urzeiten geht zwischen einem Mann und einer Frau. Aber ist so etwas denn nachholbar? Nicht zwischen Jakob und mir. Ich werde meinen Abgang vorbereiten. Vielleicht, wenn Jakob einmal zu mir kommt, wenn er mich besucht, in einer ihm fremden Umgebung … Während ich mich anziehe, fällt mein Blick auf die Bücher, die auf dem Tisch liegen. Ich werde mit meiner Arbeit beginnen müssen, so bald wie möglich. All diese Wochen des Nichtstuns lasten wie eine Schuld auf mir. »Manchmal muß man einfach das Hirn auslüften lassen«, hat Maurice gesagt, und Mutter, die die Emmi veranlaßt hat, frische Haselnüsse zu kaufen – Gehirnnahrung, wie sie sagte, wenn ich Prüfungen hatte, meinte, »du gehörst von Zeit zu Zeit in die Dunkelkammer, damit dein Hirn ausraucht.«

Ich habe Hosen und ein langärmeliges T-Shirt angezogen. Zeno ist schon draußen, seine Frühstückssemmel liegt angebissen neben seinem Teller. Malwine ist nicht zu sehen. Der Kaffee ist bereits in der Thermosflasche. Und während ich so dasitze, beginne ich mit einem Appetit zu essen wie schon lange nicht mehr.

Durch die Verandaverglasung kann ich Zeno und Malwine im Garten stehen sehen. Sie schimpft mit ihm, weil er das ganze Wasser aus der Regentonne mit einem Rohr in seine Kanäle abgeleitet hat, wo doch sie, Malwine, das Wasser für ihre Blumen braucht. Sie wird also bald wieder im Haus sein, hier bei mir sein. Ein Blick, und ich werde wissen, wie groß ihr Argwohn ist.

Ein Mann wie Jakob. Jetzt ist mir also auch das widerfahren. Nur daß es ganz anders ist. Es gibt also keinen Mann wie Jakob für mich.

Mit einemmal freue ich mich. Ich finde sogar ein Zigarillo in meiner Tasche, rauche, trinke noch eine Schale Kaffee. Diese Art von Wetter ist anregend. Nicht wirklich kühl, aber bewölkt und leicht windig. Ich werde endlich mit der schon seit langem geplanten, großen, zusammenfassenden Arbeit über das frühe Anatolien beginnen. Vielleicht sollte ich sogar reisen.

Malwine kommt mit einem Arm voller Blumen. Die Vasen stehen in der Veranda, sie sucht eine aus.

»Es geht dir gut, das ist schön.« Sie wirft mir einen kurzen Blick zu, dem ich gar nichts entnehme, geht dann mit der Vase hinaus, um sie mit Wasser zu füllen, kommt wieder herein, ordnet und beschneidet die Blumen.

»Und dir, gehts dir heute wieder besser?«

»Ich habe lang und tief geschlafen, das hilft in jedem Fall.«

Ich glaube, sie hat mich noch gar nicht richtig angesehen.

»Es geht mir so gut, daß ich bald abreisen werde.« Ich blase langsam den Rauch aus.

»Jetzt, wo es dir gut geht? Das ist unfair. Das Semester fängt doch erst Ende September an.«

»Ich habe Lust zu arbeiten.«

»Das kannst du doch auch hier.«

Ich schüttle mit Nachdruck den Kopf. »Ich brauche die Bibliothek dazu, meine Notizen aus den letzten Jahren und den Nachlaß von Maurice ...«

»Aha«, Malwine macht einen Schritt zu mir her, um die Blumen besser zu überblicken, »das kenne ich. Du bist wie eh und je. Aber bitte laß dir Zeit, ein Rückfall ist gefährlich.«

»Ich habe aufgehört, mir etwas Unmögliches zu wünschen«, sage ich leise, »ich wünsche mir überhaupt nichts mehr.«

Malwine kommt näher, beugt sich über mich, legt ihre Arme um meine Schultern. »Ich hatte mir solche Sorgen um dich gemacht«, höre ich sie ganz nah an meinem Ohr sagen.

»Wirklich?« Ich drehe mich herum, um ihr dabei ins Gesicht zu sehen, und da bemerkt sie es.

Ohne jedes Mißtrauen zuerst. »Was hast du denn da?« Ganz schwesterliches Interesse, und dann, am Beginn des Verstehens, die Zusammenhänge noch nicht erfassend: »Schau einer an!« Sie droht sogar scherzhaft mit dem Finger. Doch plötzlich läuft es wie ein Krampf durch das eben noch verschmitzte Lachen, und ihr Gesicht steht für einen Augenblick still, als müsse es noch einmal Atem holen vor dem

Zerfallen. Aber da hat Malwine sich schon umgedreht. Ich soll es ja nicht sehen, wie sich die zugespitzte Wahrheit in ihrem Fleisch dreht.

»Malwine, ist was?« Ich bin entschlossen, alles abzustreiten, es für sie ungeschehen zu machen.

»Malwine!« Ich bin aufgestanden. Jetzt bin ich es, die sich über Malwine beugt. Ich muß sie überzeugen. »Was ist los mit dir?« Sie schüttelt meinen Arm nicht ab, verharrt ganz ruhig. Nichts geschieht, während wir so dastehen. Ich muß etwas tun. Langsam drehe ich mir ihr Gesicht zu. Sie weint nicht, ist ganz ruhig. Nur ein Blick streift die wundgeriebene Stelle. Ich ergreife die Gelegenheit. »Zu blöd«, sage ich, »ich bin gestolpert und habe mich an der Rinde eines Baumes geschürft.« Das Lächeln gelingt mir, soweit ich das beurteilen kann. In ihrem Gesicht verzieht sich keine Miene. Sie erklärt auch nichts, wischt den Vorfall mit keinem Wort weg, so als wäre eben gar nichts vorgefallen.

»Übrigens, ich fahre heute in die Stadt.« Sie sagt es wie beiläufig. »Brauchst du etwas? Soll ich dir etwas mitbringen?«

»Laß mich nachdenken.« Ich nehme den Ton der Beiläufigkeit auf. »Vielleicht eine Doppelpakkung Strümpfe, rauchfarben. Falls das Wetter so bleibt.«

Ich deute zum Fenster hinaus.

»Sonst nichts?«

»Nichts.« Ihr Gesicht ist vollkommen unter Kontrolle. Kann ich mich geirrt haben? Unmöglich. Dazu war der Ausdruckswechsel zu abrupt. Vielleicht schämt sie sich ihres Verdachtes und glaubt an die Geschichte mit dem Baum? Jedenfalls bin ich froh, daß sie in die Stadt fährt.

Ich werde lesen, die paar neueren Publikationen durcharbeiten, die seit Wochen auf dem Tisch in meinem Zimmer liegen, manche davon nicht einmal aufgeschnitten.

Vorerst werde ich einen Spaziergang machen, den Hund mitnehmen. Er ist tatsächlich angehängt und weiß sich kaum zu fassen, als ich ihn losbinde.

Ich höre noch, wie Zeno zu Malwine sagt: »Ich möchte gar nicht in die Stadt.«

»Du kommst mit.« Malwines Stimme ist merkwürdig schrill.

»Tante Fanny bleibt auch da. Ich bin gar nicht allein.«

»Du kommst mit, habe ich gesagt. Fanny will arbeiten, da störst du sie nur.«

Ich gehe zurück. »Er stört mich gar nicht, du kannst ihn ruhig hierlassen. Er ist ja kein Säugling mehr, den ich wickeln müßte.«

Malwines Stimme wird sanft. »Er muß mitkommen und die neuen Hosen für den Schulanfang probieren. Es ist das richtige Wetter, um einzukaufen. An einem Badetag bringe ich ihn ohnehin nicht dazu.«

Zeno wittert eine Chance. »Ich komme mit, wenn du mir den neuen Asterix kaufst oder eine Spritzpistole.«

»So schon gar nicht«, sagt Malwine, aber es klingt dennoch wie ein halbes Versprechen, und Zeno holt seine Jacke.

»Einen Schlüssel hast du ja …« Malwine hat sich schon wieder abgewandt. Irgend etwas hat sie, dazu kenne ich sie zu gut. Diese Art von Beherrschtheit habe ich schon an ihr erlebt. Die Frage ist nur, wie weit ihre Vermutungen gehen. Wie rasch dieser Hauch von Verdacht sich ausbreitet, anwächst, sich einfrißt. Sie muß doch spüren, daß ich ihr nichts wegnehmen will. Ich kämpfe nicht einmal. Der Hund zieht mich fort; keuchend zerrt er an der Leine, als sei er nicht gerade einen Tag und eine Nacht lang herumgestreunt, sondern tagelang nicht aus dem Garten gekommen.

Dann höre ich den Motor von Malwines Kombi anspringen und sie heftig anfahren, heftiger als sonst.

Ich habe keine Lust, schon wieder in den Wald zu gehen, auch nicht ins Dorf. Ich lasse den Hund von der Leine. Hier und beim hellichten Tag wird er mir schon nicht weglaufen. Ein paar Hölzer werde ich ihm werfen, zum Apportieren. Dabei werde ich mich auf den Zaun setzen, da kann er mich besser sehen, fühlt sich vielleicht sogar mehr überwacht.

Einer der Stöcke ist eine schöne Haselnußgerte, die sich wohl irgendein Kind abgeschnitten und dann liegengelassen hat. Es hat sogar daran zu schnitzen begonnen. Wenn ich Zenos Taschenmesser dabeihätte, würde ich jetzt, auf dem Zaun sitzend, weiterschnitzen.

Dieser Wald ist die einzige Form von Natur, die mich wirklich bindet. In früheren Zeiten wäre ich wohl ein Waldbewohner geworden. Ich hätte gelebt, wie ich wollte, und nach Wurzeln gegraben. Damals wäre ich etwas Besonderes gewesen.

Du wärst mir erst gar nicht begegnet, in diesem Wald. Weil der Wald für dich nur redehalber existiert. Du wärst in deinem Haus am Glacis gesessen und hättest das Leben der fürstlichen Familie beschrieben. Nachts wärst du vielleicht manchmal zu einer der wahrsagenden Zigeunerinnen geschlichen, die in einem abgestellten Wagen hinter der Festwiese schliefen, und gewiß hättest du der Versuchung nicht widerstehen können, ihr zu sagen, daß du sie einmal in dein Haus nehmen würdest, weil das den Reiz der Sache erhöht.

Aber in den Wald wärst du nicht gekommen. Wozu auch, wenn dir schon vor der Haustür immer wieder jemand begegnet.

Für einen kurzen Wachtraum sehe ich Jakob unter mir liegen, seine Arme parallel zu den Wurzeln einer großen Kiefer, sein Haar moosartig. Aus einer kleinen Wunde am Hals, wie von einem Biß, rinnt noch ein wenig Blut. Ob ich ihn wieder ganz machen soll?

Den von mir geworfenen Stock im Maul, kommt der Hund über die Wiese her zu mir gelaufen. Als ich mich nicht rühre, stellt er sich auf die Hinterpfoten und legt den Stock mitsamt dem Kopf zwischen meine Knie. Ich beginne ihn zu streicheln und lehne dann meine Stirn gegen seinen Schädel. Er versucht nach mir zu lecken, kann aber nicht wegen des Stocks. Dieser Hund, er ist mir als erster entgegengekommen. Und die anderen?

»Komm«, sage ich und nehme Sascha den Stock weg. Er springt kläffend um mich herum, und ich werfe den Stock in Richtung Heimweg.

Das Haus ist leer. Auf beinah erschreckende Weise leer. Anstatt zu arbeiten, gehe ich umher. Durch alle Räume, von der Küche angefangen. Sogar in das Schlafzimmer von Jakob und Malwine. Es ist alles ordentlich aufgeräumt, sogar der Bettüberwurf ist auf das Bett gebreitet.

Im Nachtkästchen von Malwine liegt eine Pakkung Schlaftabletten, aufgerissen, zwei Stück fehlen. Hat sie vielleicht absichtlich den Kopf eingezogen? Um herauszufinden, was geschieht? Wollte sie es genau wissen, bevor Jakob und ich es wußten?

Ich habe das Fenster in meinem Zimmer nicht geschlossen, und als ich die Tür öffne, fliegt mir Konzeptpapier entgegen. Soll ich nun wirklich wegfahren?

Zeno ist nach dem Essen sofort mit seinem Asterix verschwunden. Malwine wirkt zerstreut, Jakob auf merkwürdige Weise zuvorkommend. Ständig fragt er, ob wir nicht etwas trinken möchten, und dabei gießt er sich selber immer wieder ein. Ich weigere mich, mir einzugestehen, daß ich an dieser allgemeinen Veränderung schuld sei.

Und doch habe ich mit einemmal Mitleid mit Malwine, aufrichtiges Mitleid. Ich würde sie gerne umarmen und beschwichtigen, vielleicht sogar trösten, soweit ich dazu imstande bin. »Ich werde morgen abreisen«, sage ich, so sachlich wie möglich.

»Ach komm«, Malwine tut so, als hätte sie das schon öfter gehört, ohne jeden Anlaß, es glauben zu müssen.

»Doch«, sage ich. »Ich kann das nicht mehr mitansehen.« Und da schrecken beide aus ihrer Tarnung hoch, gepeinigt von der Angst, ich könne alle Spielregeln außer acht lassen und zur Sache kommen. Endlich hat Malwine sich verraten.

»Wieso?« fragt sie, und es klingt fast wie ein Fauchen.

»Tagein, tagaus so verwöhnt zu werden. Stell dir vor, ich gewöhne mich daran, was machst du dann?«

»Ach was.« Malwine kämpft mit dem Umschwung der Stimmungslage. »Du bist unser Gast.«

»Man kann nicht ewig Gast sein.«

»Du warst krank.« Malwine schaut zu Jakob hinüber, und dann bringt sie es fertig zu sagen: »Willst nicht du sie überreden, wenn es mir schon nicht gelingen will?«

Jakob flüchtet sich vorerst in sein Glas. »Du hast doch noch Zeit«, sagt er dann, »warum die Dinge überstürzen?«

Aber so, wie er das sagt, ist mir klar, daß ich besser doch gleich morgen fortgehe. Obwohl Jakob und Malwine schon so lange beisammen sind, spielen Malwine und ich, als Schwestern, das Spiel bedeutend besser.

»Schlaf noch einmal drüber«, sagt Malwine und stellt das Geschirr zusammen. Ich will es ihr abnehmen und hinaustragen, aber sie läßt mich nicht. »Ich will heut ohnehin nicht Musik hören.«

Und als ich sie verwundert anschaue, deutet sie auf ihren Kopf. »Der Wettersturz. Seit einiger Zeit bin ich wetterfühlig.«

Als sie draußen ist, begegnet meine Hand auf halbem Wege der von Jakob. »Warum mußt du so rasch fort?«

Ich streichle seine Finger. »Du kannst mich ja einmal besuchen kommen.« Aber ich weiß, daß das nie geschehen wird.

Ich war scheints Jakob für dich. Ein bißchen anders natürlich, soweit Vergleiche überhaupt dienlich sind. Auch ich wäre Jakob nicht da draußen begegnet, das konnte nur vor der Tür, nur im Haus stattfinden. Oder ist auch das alles falsch? Eine vollendete Nachrede auf ein unvollendetes Vorspiel? Die Vorspiegelung von Untiefen, wo jedermann den Eisberg schon sieht?

So aber komme ich los von dir, indem ich eins übers andere schlage. Langsam. Natürlich. Die Entfernung in der Zeit ist der geeignetste Blickwinkel. Manchmal werde ich dich dann noch spüren, wie eine Operationsnarbe bei Wetterwechsel.

»Du bist also *der Dämon*«, sage ich zu Zeno, der auf dem Treppengeländer vor meinem Zimmer sitzt. Die gelbe Kinderplastiksonnenbrille hat über dem einen Auge eine Leerstelle. Das große D auf der Brust aber ist unverkennbar.

»Und du heißt Max«, sagt Zeno.

»Du bist blind, aber du kannst dich nach dem Gehör zurechtfinden.«

»Du bist in Wahrheit eine böse Hexe, die meine Eltern vergiftet hat.«

»Nicht vergiftet.«

»Die meine Eltern verzaubert hat, um mich für sich allein zu haben.«

»Ich kann den *Dämon* aus dir machen.«

»Ich tue nur so, als würde ich *der* Dämon. In Wirklichkeit bin ich Prinz Zeno. Ich will groß und stark werden, damit ich alle Abenteuer bestehen kann.«

»Und deine Eltern?«

»Die erlöse ich unterwegs, so wie ich alle erlöse, denen ich begegne.«

Ich setze mich auf die oberste Treppe und warte, bis Zeno auf meine Schultern gestiegen ist. »Du bist mir viel zu schwer«, sage ich, »ich kann dich so nicht in dein Zimmer tragen.«

Zeno reagiert nicht.

»Falls es dich interessiert«, sage ich, »morgen fahre ich.«

»Das wirst du nicht.« Zeno gibt mir die Sporen, und ich versuche aufzustehen. »Doch, ich muß. Böse Hexen müssen zum Rauchfang hinaus.«

»Du bist feig«, schreit Zeno, »feig, feig, feig.«

Ich versuche ihn von mir herunterzuklauben, aber er sitzt fest, wie angeschmiedet. Da lehne ich mich zurück, und er bekommt das Übergewicht. »Gute Nacht«, sage ich, während ich mich von ihm befreie und auf meine Tür zugehe.

»Keine gute Nacht«, brüllt Zeno und wirft mir seine Kinderplastiksonnenbrille nach.

Später dann, als ich bereits das Licht gelöscht

habe und im Dunkeln wach liege, klopft es an meine Tür.

»Knusper, knusper, knäuschen …?«

»Der Wolf ist da.«

»Und wenn ich ihn nicht einlasse?«

»Dann heult er.«

»Und wenn ich mir die Ohren zustopfe?«

»Dann knuspert er dir dein Häuschen weg.«

»Herein.«

»Ich habe Angst«, sagt Zeno, »daß heute nacht Einbrecher kommen.«

»Ausgerechnet heute?«

»Warum ausgerechnet heute nicht?« sagt Zeno und hat seinen Platz an der Wand eingenommen.

Inhalt